흘러간 물로도

물레방아를
　　　돌릴 수 있다

**흘러간 물로도
물레방아를
돌릴 수 있다**

초판 1쇄 발행   2024. 5. 9.

지은이   김환기
펴낸이   김병호
펴낸곳   주식회사 바른북스

편집진행   박하연
디자인   김민지

등록   2019년 4월 3일 제2019-000040호
주소   서울시 성동구 연무장5길 9-16, 301호 (성수동2가, 블루스톤타워)
대표전화   070-7857-9719 | **경영지원**   02-3409-9719 | **팩스**   070-7610-9820

•바른북스는 여러분의 다양한 아이디어와 원고 투고를 설레는 마음으로 기다리고 있습니다.

이메일   barunbooks21@naver.com | **원고투고**   barunbooks21@naver.com
홈페이지   www.barunbooks.com | **공식 블로그**   blog.naver.com/barunbooks7
공식 포스트   post.naver.com/barunbooks7 | **페이스북**   facebook.com/barunbooks7

ⓒ 김환기, 2024
ISBN 979-11-93879-91-7 03810

김환기 에세이

흘러간 물로도
물레방아를
돌릴 수 있다

어느 노공학자가 쓴 산문집

"그러나 양수발전처럼 쓰고 버린 물로도
얼마든지 물레방아를 돌릴 수는 있다."

바른북스

서문

『조선왕조실록』을 보관한 덕유산 '적상산사고' 아래 한전 '무주양수발전소'가 있다. 이곳에는 하부 댐과 상부 저수지를 두어 낮에 이미 쓰고 버렸던 하부 저수지 물을 야간에 풍부하게 남는 전력으로 펌프를 가동하여 끌어 올려 그 물로 다시 전기를 생산한다. 그러니까 흘러간 물로 물레방아(水車)를 돌려 재활용하는 발전 설비다.

한편 미국의 저명인사 벤저민 프랭클린은 그의 저서『젊은 상인에게 보내는 편지(Advice to a young tradesman)』중 성공하는 사람들의 13가지 덕목에서 말하길 "이미 흘러간 물로는 물레방아를 돌릴 수 없다(You can't turn a wheel on the water that has flowed)."라고 했다. 어찌 지나간 일 때문에 괴로워하고 슬퍼 하는가, 물은 이미 흘러갔고, 흐르는 물을 따라갈 필요는 없다는 뜻이다.

어느 날 나는 책을 읽다 보니, 아인슈타인의 상대성 이론에서 "광속보다 아무리 빠르게 가도 과거로 거슬러 올라가는 것은 불가능하다(You can't take back the past)."라고 했다. 나에게는 참으로 충격적인 이야기다. 나의 세대는 은연중 유교를 신봉하던 때라 자나 깨나 지하에 계신 부모님을 만날 날을 손꼽아 기다려 왔는데 이는 청천벽력 같은 소식이며, 안타깝게도 아직까지 그의 이론을 뒤집을 수 있는 과학자는 없다.

나의 일생은 나이를 먹어 감에 따라 수많은 시련을 겪으며 살아왔다. 돌이켜보면 일제 강점기에 태어나서 광복이 되자마자, 한국동란, 자유당 부정선거와 학생혁명, 군사쿠데타, 부마항쟁과 광주 민주화운동, 서울올림픽, 이어지는 역대 대통령들의 구속, 그리고 오늘날까지도 북의 전쟁 위협 속에 전전긍긍하며 치열한 삶을 살아온 80여 년이 역사의 질곡과 소용돌이 그대로였다.

내가 태어났을 때는 일제 강점기 말기로 일제가 주민들을 울력이라는 미명하에 부역이 만연했는데, 당시 나의 어머니는 나를 낳아 노역에 빠지게 되셔서 그런지 나를 몹시 어여삐 여기셨고, 덕분에 젖을 마음껏 먹이시고 복덩이라 자랑하며 키우셨다 한다. 부모덕에 나는 평생을 삼시 세끼 중 한 번도 굶어본 적 없는 행운아다. 부군께서는 일본이 장악한 서울 경학원에서 수학한 우리나라 마지막 유생이시다. 이곳은 조선 최고의 유학 학당인

성균관을 폐쇄하고, 대신 조선 총독부가 세운 교육기관이다. 그 곳에서 구한말 조선의 최후 유학자들에게 사서삼경을 배우셨고, 또 일본인으로 구성된 한학자에게 중국의 한학을 전수받으셨는 데, 불초에게는 한 번도 붓을 쥐어주시거나 천자문을 배우도록 강요하지 않으셨다. 그런가 하면 임종 시는 내가 해외에 나가 있 었는데, 불초의 공부에 방해가 되니 알리지 말라고 유언을 남기 셨다 한다. 오호라, 참으로 슬프다.

한국동란 후에는 미국 시민들이 우리에게 '학용품'과 '말려서 굳힌 우유'를 보내와, 그들이 준 연필로 글자를 익혔고 우유로 배 를 채웠다. 그때 미국 시민들은 말하자면 달을 따다 주기도 하고, 동시에 달 따는 법을 우리에게 알리기도 했다. 어린 양과 새끼 젖 소를 동란 후 한국에 보내준 고마운 사람들이다. 나는 운이 좋아 서 세계보건기구가 주선한 장학금으로 유럽에서 '위생공학'을 공부한 덕에 대학에서 평생을 과분한 대우를 받으며 지냈다.

내가 50여 년 전 대학에서 폐수처리 실험을 하고 있으면 동료교 수들까지 기웃거리며 다가와서 묻는 말이, 그런 실험은 실제로 현 장에서 쓸모가 있는지, 심지어 '폐수처리'도 학문분야에 속하는지 물어오기 일쑤였고, 내심으로는 나를 비웃는 듯 보이기도 했다. 나는 쓰고 버리는 물을 재생하는 연구를 평생 해오며, 마치 어떻 게 하면 버린 물로 물레방아를 다시 돌릴 것인가를 고민하면서 세 계각지를 돌아다니며 논문도 발표하고 견학도 많이 했다. 때로는 기업체의 부탁으로 선진 기술을 몰래 빼 오기도 했다.

물은 중력에 의한 위치 에너지의 변화로 한 번 흘러간 물로는 다시 물레방아를 돌릴 수 없다. 그러나 양수발전처럼 쓰고 버린 물로도 얼마든지 물레방아를 돌릴 수는 있다. 자연상태에서 얼음은 낮은 엔트로피 상태이며, 녹은 물은 높은 엔트로피 상태다. 다시 말해 사물은 낮은 엔트로피에서 높은 엔트로피로 변하는 현상으로, 만물은 점점 닳아 없어지며 동시에 우리 사람은 점점 늙어가기 마련이다. 그러나 나는 노력은 중력도 거슬러 오를 수 있으며, 관심을 갖는 사람은 무엇이든 결과를 얻으리라는 신념 하나로 망설이지 않고 평생을 살아왔다. 그러면서 틈이 나는 대로 외국여행이나 독서도 즐겨 하고 문화에도 관심을 게을리하지 않았다.

언젠가 한 번은 호암 미술관을 들러 본 기억이 있다. 김홍도의 「송하맹호도」를 미술관이 설명하길, 숲에서 호랑이를 딱 한 번 만나고 나서 그렸다는데, 그렇다면 이 그림은 필시 동물화다. 그런데 우리는 아직도 풍속화냐? 민화? 이냐, 해석이 분분하다. 나 같은 공학도로서 도저히 이해할 수 없는 점은, 동물을 일견하고 삼십 대 나이에 조선 최고의 명화를 그렸다면, 그는 신이다. 거기에 합작(Collaboration)이 분명하지만, 실체 규명도 없고 합작도 명화라는 말은 생경스럽기 만하다. 그는 일본 에도 시대 '샤라쿠별인'이라는 루머도 있다. 왜 우리는 일본인 야나기무네요시(柳宗悅)

의 조선 미술연구에 기대는가? 우리 스스로 반성하고 부끄러운 줄 알아야 한다.

70~80년대 우리 대학은 정치 소용돌이에 휩쓸려 수업은 뒷전이고 휴교가 다반사였다. 그러다 보니 나에게는 연구 말고는 특별히 할 일이 없을 정도였다. 이때 폐수처리라는 새로운 연구나 기술이 각광을 받아 정부나 기업체로부터 상당한 연구용역비를 받을 수 있어 연구활동에 많은 도움을 주었다. 다시 말하여, 버리는 물을 처리하여 재사용함으로써 이전에는 버렸던 폐수도 쓸모 있는 물로 전환하는 기술이 가능해서다. 생각해 보면 나는 타 분야에 비해 힘들이지 않고 대학교수 생활을 한 편이다.

이 책의 전편에서는 주로 공학도의 입장에서 바라본 사회과학적 소재를, 비전문가인 시각에서 바라본 소론(小論)이요, 의미가 다소 산만한 소편이다. 소심을 신조로 하는 평소 나의 견해가 미흡함은 아쉽게 생각한다. 다만 내가 공학도로서 국내외를 돌아다니면서 틈틈이 유념한 몇 가지 생각을 정리하여 여기에 엮어 보았다.

후편에서는 현직에 있을 때 내가 직접 관여한 지역 개발 사업 중 일부를 기억을 되살려 적은 내용으로 일종의 반성에 가까운 측면이 포함되도록 시도하였다. 70년대 박정희 대통령이 울산공업단지 준공식에 참석 공장 굴뚝에서 뿜어져 나오는 검은 연기를 가리키며 말하길 "저 새까만 연기야말로 우리나라를 먹여 살리는 원동력이다."라고 자랑스럽게 공업입국을 강조하던 시기에, 나는 당시에는 아무도 관심을 두지 않았으며, 심지어 쓸모도 없다는 연구에 매진하고 있었다. 내가 여기 적은 내용이 다소 산만하고 또 내가 거주하고 있는 지역에 국한된 소론이 대부분이다. 그러나 우리나라는 너무 작다 보니 내가 사는 지역에서 일어나는 일들이 어딜 가나 비슷한 처지라고 생각해서 넓게 보면 한 지역만의 문제는 아닐듯싶다. 어쨌든 나는 그 와중에도 우리나라에서 쓰고 버리는 물의 처리와 맑은 물 공급에 일조를 했다고 자부한다.

2024년 봄 김환기 적음

지역개발의 기억

발문

전편:

공학자의
소론

1 백두산 북정가

조선 세조 때 이십 대 약관의 나이에 병조판서를 지낸 남이장군의 백두산 평정비에 "백두산 돌은 칼을 갈아 없애고, 두만강 물은 말 먹이는 데 쓰리라."라고 적었다. 백두산을 한 번쯤 가본 사람이라면 이분의 웅대한 포부를 대번에 실감할 수 있을 것이다.

일본 메이지 시대 대륙경영을 꿈꾸던 막부가 조선침략의 시나리오를 짜기 위해 파견한 일본첩자인 혼마 규스케가 『니로쿠신보』에 기고한 「일본인의 조선정탐기」에서 쓰기를, 남이장군이 백두산 평정비에 남겼다는 북정가를 일견하고는 존경과 감탄을 금할 수 없다며, "아아, 지금 조선인으로서 이 시를 대하여 부끄러워하지 않을 사람이 과연 몇 명이나 있을까, 상하가 어두워져 기개가 이미 죽었다."라고 피력하고, 그야말로 조선 최고의 애국자요 기개가 하늘을 찌른다고 했다. 그러나 불행히도 장군은 그다음 글에서, 미평국을 정적들이 미득국으로 글자 한자를 바꿔치기해 영웅을 죽게 했다. 물론 조선의 간신들이 고의로 조작하여 한 짓이다. 한 국가도 이런데 국제관계에서는 조약 문서 체결 시 문자 하나 틀려도 까딱하다간 나라까지 흔들린다.

중국은 19세기 청나라 대신 '우다청' 일행이 아편중독으로 동해까지 불과 15km를 남겨두고 평촨에 '투쯔파이' 하나를 잘못 세워, 극동 진출에 사활을 건 러시아에 연해주(Primorskii) 땅을 몽땅 내준 역사가 있다. 중국은 이를 '훈춘의 치욕'이라며 울분을 토하지만 우리로서는 천만다행이다. 만일 러시아가 중국에게 한국 동해로의 출해권을 열어 주었으면 태평양은 지금 중국 랴오닝과 산둥 항공모함으로 뒤덮였을 것이다.

1992년 1월 20일 남의 정원식 국무총리와 북의 연형묵 정무원 총리 사이에 체결한 「한반도의 비핵화에 관한 공동선언」 전문을 보면 한반도란 단어가 제일 먼저 눈에 띈다. 여기서 말하는 한반도의 의미는 당연히 우리 섬과 근해를 포함할 것이다. 그런데 우리나라 헌법 제1장 제3조에 보면 "대한민국의 영토는 한반도와 그 부속도서로 한다."라고 했다. 이 명문은 누구도 거역할 수 없는 헌법 조항이다. 다만『국어사전』에 나온 대로 법 조항을 설명해 보면 우리나라 영토는 반도와 도서를 구분하여 표기했으니 우리의 울릉도나 강화도와 같은 섬은 한반도와 별도로 부속도서여서 여기에는 어떤 무장을 해도 된다는 뜻인지…. 해석이 아주 애매하다.

한-중 국경에 위치한 압록강의 한문 표기는 한국이나 중국 모두 동일하다. 그러나 우리가 쓰는 로마자 표기법에 의하면 압록강(鴨綠江, Amnokang)인데, 국제적으로 공인된 세계지도(National Geographic)를 보면, 중국 발음인 얄루(Yalu-jiang)라 칭한다. 두만강(豆滿江, Dumangang) 역시 영어 명칭은 무심코 중국식 지명 투먼(圖們, Tumen)으로 표기해도 아무도 관심을 두지 않는다. 예컨대 1995년 한, 북, 중, 몽 4국간 국제협력사업으로 출범한 '두만강광역개발계획(豆滿江廣域開發計劃, GTI, Greater Tumen Initiative)'에서도 한문은 한국식 표기로 해놓고 영어로는 중국식 표기를 사용했다. 적어도 우리나라 문서에서는 '지티아이(GTI)'가 아니고 '지디아이(GDI)'로 표기해야 했다. 국제지명은 분쟁의 소지가 많고 지도는 살아 있는 생물이어서 시대에 따라 변하니 우리 스스로가 주의를 기울여야 한다. 우리나라 동해는 영어 표기에 일본과 사활을 거는 반면 서해는 황해라 해도 그저 무덤덤하다. 그러나 이는 중국의 하천인 황허를 뜻한다. 내가 70년대 국제포럼에 참석하여 나를 소개하는데 여권에 표기한 대로 한국 전북(Jeon-Bug) 출신이라 했더니 장내가 웃음바다가 되어버려 잠시 당황했다. 나중에 알고 보니 북(Bug)은 영어로 '빈대'다.

우리 선조들이 요동정벌을 하면서 얼마나 많은 고초를 감내하면서 지켜낸 백두산, 두만강 또 압록강인가…. 그런데 우리는 지금 조상이 지켜준 산하는 고사하고 산 이름, 강 이름 하나도 제대로 쓰지 못하고 있다. 조선 시대 충무공 이순신 장군은 동빙한 설에 두만강 하류 우리 땅 녹둔도를 지키면서 병사들이 얼마나 배를 곯았으면, 임란 때 전라도에 부임하자마자 '조선의 군량미를 호남에서 조달하니 호남이 없으면 조선도 없다'고 했다. 장군이 지켜낸 이 땅을 1860년 청-러 간 베이징조약에 의거 러시아로 넘어가 버렸다. 지금 러시아는 우크라이나를 침범하는데 그 이유는 크림반도와 그 주변은 옛 소비에트연방 영토였다는 것이다. 그런 논리라면 우리도 러시아와 협상의 문이 얼마든지 열려 있다.

1876년 조선과 일본 사이에 맺은 강화도조약은 제1관에 조선을 자주국이라 인정했고, 제10관에는 일인이 조선에서 한 범죄행위는 일본 관헌이 조사하고, 조선인이 일본에서 행한 범죄는 조선 관헌이 관할토록 해 일견 일본이 공평한 줄 알았으나, 이면에는 조선을 청나라와 떼어놓기 위한 사전 조치일 뿐이고, 일본인이 조선에 들어오면 기고만장하지만, 조선인이 일본에 들어가면 바로 순한 양이 되어버리니 사실 일본에 유리한 불평등 조약에 불과했다. 미국은 청나라와 조약을 체결 시, 청국이 영국이나 독일과 그 전에 취한 조약에 미국이 필요로 하는 단서 조항만 추가했다. 이미 영-독은 청과 유리한 조건으로 조약을 체결했기 때문에 불필요한 분쟁을 미국은 미리 피하기 위함이었다. 당시 서구열강은 교역의 발달로 조약체결에 능하였지만, 청과 조선은 체면만 중시했고, 반면 일본은 일찍이 개방을 통하여 수많은 시행착오를 거친 후라, 이웃 나라는 그저 종애곯리기 감에 불과했다.

나는 불행하게도 우리의 백두산을 중국을 경유해 돌아보았다. 한반도를 경유하고 싶었지만 허가를 받을 수 없어서다. 중국 쪽으로 백두산을 가노라면 입구에 창바이산이라는 간판이 제일 먼저 눈에 띈다. 우리나라 땅 백두산을 가는데 중국 관문을 통과하다니 비감한 생각도 들었다. 역사적으로도 오랫동안 한-중 간에는 영토분쟁이 끊임없었다. 그러다가 20세기에 들어와 북-중 국경협정에 따라 백두산 천지를 정점으로 북쪽은 중국이 남쪽은 북한이 관할하여 오늘에 이르렀다. 그나마 다행인 것은 북한 쪽 수역이 약간 넓다고 한다. 중국 창바이산과 우리의 백두산에 관한 연구에서 중국은 주로 금사에 근거한다. 우리나라 전래지명의 권위자인 춘강 유재영 전 원광대 교수는 그의『백두산기행』에서 주장하길, 행정록에 표기된 신라산을 근거로 백두산은 분명 우리 산 임에는 분명하나, 우리는 오랫동안 이산을 챙기지 못했고 기록 또한 장백산강강지 등 중국 측이 더 많다고 적었다. 우리가 무심코 우러러보는 장엄한 백두산의 그림이나 사진은 사실은 반쪽짜리 백두산에 불과하다.

최근 중국은 단독으로 '창바이산'을 유네스코(UNESCO) 세계지질공원으로 '등재권고'까지 받았는데, 북한 소유는 4분지 1에 불과하다. 그동안 중국은 백두산을 중국식 명칭으로 고착화시키려고 부단히 노력했다. 중국이 제출한 설명 자료에는 창바이산이 "지질학적으로 북중국강괴 북동쪽 경계와 유라시아대륙, 환태평양조산대가 만나는 지역에 위치해 강력한 화산활동으로 수백만 년간 독특한 지역이 형성된 곳"으로 소개했다. 만일, 백두산이 창바이산으로 유네스코에 정식 등재된다면 우리는 그 이름조차 제대로 쓸 수 없게 될지도 모른다. 남북한은 도대체 그동안 무얼 했는지 참으로 한심하다.

우리는 독도나 동해의 표기에만 관심을 가졌지 중국이나 러시아와의 국경에 대한 관심이나 지리연구는 태부족이다. 맨날 백두산은 우리 조상의 근원이라며 말이나 타고 달리며, 백두대간은 중시하면서 막상 이의 연구가 부실함은 참으로 안타까운 일이다. 앞으로 우리는 백두산의 자랑과 등정에 앞서 남이장군의 '백두산 평정비'도 복원하고, 1712년 조선 숙종 때 세웠으나 1931년 만주사변 시 일제에 의해 철거된 '백두산 정계비'도 찾아내야 한다.

중소국경 토자패

북정가(北征歌) 백두산석마도진 두만강수음마무(白頭山石馬刀盡 豆滿江水飮馬無), 미평국(未平國), 미득국(未得國), 우다청(吳大澂), 평찬(防川), 투쯔파이(土字牌), 훈춘의 치욕(琿春之恥), 황허(黃河, Yellow River), 행정록(行程錄), 신라산(新羅山), 창바이산(長白山, Changbaishan), 장백산강강지(長白山江岡誌), 금사(金史), 강괴(剛塊)

2 남귤북지(南橘北枳)

지금부터 2,500여 년 전인 중국 춘추시대 안자춘추에 이런 이야기가 나온다. 옛날 중국 제나라에 안영이란 유명한 재상이 있었다. 안영의 명성을 들은 초나라 영왕은 자기 나라에 그를 초청했다. 온 천하 사람이 칭찬하는 안영을 놀려주겠다는 심술 때문이었다. 초 왕은 간단한 인사말을 나누기가 바쁘게 한 죄인을 불러놓고 말했다. "너는 어느 나라 사람이냐." "제나라 사람입니다." "무슨 죄를 지었느냐." "절도죄를 지었습니다." 임금은 안영을 보고 말했다. "제나라 사람은 원래 도둑질을 잘하는 모양이오." 그러자, 안영은 태연하게 다음과 같이 대답하였다. "강남 쪽의 귤을 강북 쪽으로 옮기면 탱자가 되고 마는 것은 물과 토질 때문입니다. 저 제나라 사람이 제나라에 있을 때는 도둑질이 무엇인지조차 모르고 있었는데, 초나라로 와서 도둑질을 한 것을 보면 초나라의 풍토가 좋지 않은가 하옵니다."

2003년 노무현 정부 시절 노사문제를 해결하려는 노력의 일환으로 소위 '네덜란드식 노사관계모델'을 정부에서 제시하자 당시 한나라당 이승철 의원은 '외국의 연구도 거의 없는 상황에서 독일과 같은 실패를 경험하게 될 것'이라며 '귤나무를 제주도에 심으면 귤이 열리지만 중국 화베이 지방에 심으면 탱자가 열리는 법'이라고 지적했다.

2006년 전 민노당 노회찬 의원은 한나라당의 '반값 아파트' 정책을 반박하면서 '사람이 살 수 없는 공간'을 만들 것이라며 '귤(橘)이 회수(淮水)를 건너면 탱자(枳)가 되는 것처럼 서민을 위한 주택정책이 한나라당을 거치면서 반서민 정책으로 돌변했다'고 주장했다. 또 2024년 윤희숙 국민의힘 전 의원은 임종석 전 대통령 비서실장이 과거 운동권 출신으로 탱자부대 대장이라며 귤화위지를 들먹였다. 그러나 만일 이런 논리라면 추워서 이미 사라졌을 사람들을 추인하는 꼴이다.

정치인들이 흔히 인용하는 '귤과 탱자'의 고사는 남귤북지로, 이는 남쪽 땅의 귤나무를 북쪽에 옮겨 심으면 탱자나무로 변한다는 뜻이다. 사람도 그 처해 있는 곳에 따라 선하게도 되고 악하게도 됨을 이르는 옛말이다.

이러한 고사는 수천 년을 두고 아무 고증도 없이 뭇사람들에게 회자되고 있다. 과연 그럴까…. 생물학적인 관점에서 반문하고 싶다. 귤과 탱자는 같은 운향과 식물이기는 하나 분명 다른 속이어서, 토양이나 기후에 따라 귤이 탱자가 되거나 탱자가 귤이되는 경우는 없다. 남쪽에 사는 귤을 북쪽에 심으면 탱자가 되지 않을뿐더러 온도 때문에 생장이 불가능해진다. 이는 초등학생도다 아는 상식이다.

다만 몇 천 년 전인 옛날 사람들은 아무리 현명해도 '종의 기원'을 알지 못하니 귤이 탱자가 되는 논리를 펴도 나무랄 자가 없었을 것이다. 현대인이 만일 영왕이라면 이렇게 말했을 것이다. 무슨 말인가, 탱자나무는 어딜 가도 탱자일 뿐이다. 쉬운 말로 '제 버릇 개 못 주듯' 제나라에서 배운 나쁜 짓이 어찌 변하겠느냐고….

전남 금오산 향일암에 가면, 후백나무와 동백나무 씨앗이 같은 곳에 한꺼번에 발아하여 소위 사랑나무라는 이름으로 성가를 얻자, 어떤 관광안내자가 그 옆에 서 있는 한 나무를 가리키며, '법전 옆에 서 있는 저 나무는 느티나무 뿌리에 동백나무가 자라고 있는데, 이는 부처님의 기적으로 향일암의 유명세라'고 설명하는걸 보았다. 혹세무민이 아닐 수 없다. 느티나무는 느릅나뭇과에속하고 동백나무는 차나뭇과에 속하여 근연종이 될 수 없다. 혹간 고목에 먼지가 쌓여 그 속에 다른 나무가 생장하거나, 기생목이 있기는 하다. 그러나 이것은 경우가 전혀 다르다. 뭔가 이곳에

흑막이 있는 것 같다.

요즈음 정치인들은 물론 지식인들까지도 중국의 고사성어를 한 줄씩 인용하는 것이 유행인 듯하다. 2014년 3월 30일 안철수 새정치민주연합 대표는 박근혜 대통령에게 기초선거 무공천을 논의하기 위한 회동을 제안하며 세종시 수정안을 두고 4년 전 벌어진 박대통령의 '미생의 믿음'을 언급하자, 다음날 심재철 새누리당 최고의원은 반박에서 "100년 정당을 만들겠다"던 분이 '제 눈에 대들보도 못 보며 남을 이야기하는 것은 블랙코미디입니다' 하며 논란이 벌어졌었는데, 이는 적당한 예가 될 수도 없을뿐더러 모양새도 좋지 않다. 왜냐하면 이 고사에는 서로 상반되는 2개의 주장이 이미 내재되어 있기 때문이다.

내용인즉, 중국 춘추시대 노나라에 신의로 유명한 웨생(尾生)이라는 남자가 있었는데, 하루는 정인과 다리 밑에서 만나기로 약속을 하고 기다렸으나 여자는 오지 않고, 그때 마침 소나기가 내렸는데도 불구하고 그곳을 떠나지 않고 기다리다 교각을 끌어안고 죽었다는 믿음을 강조한 이야기다. 그러나 같은 내용을 놓고, 송나라 쫭즈는 "쓸데없는 명분에 빠져 소중한 목숨을 가벼이 여기는 진정한 삶을 모르는 자이다."라고 혹평했다.

언어의 구사는 신중을 기해야 한다. 몇 년 전 어느 침대광고에 "침대는 과학이다."라고 선전하자 광고에 익숙해진 일부 초등학생들이 침대와 과학을 혼돈했다는 이야기도 있다. 더욱이 중국의 고사는 수 천 년 전의 이야기로 당시의 문자 기록 수준과 현재의 해석 사이에는 뉘앙스가 있기 마련이다. 또 문화도 우리와 다르며, 현대의 시각으로 보면 논리적으로 옳지 않은 면이 많다. 꼭 인용하려거든 그 적합성이나 객관적이고 보편적인 타당성을 따져 작금의 실정에 맞게 써야 할 것이다.

강남귤화위지(江南橘化爲枳) 橘生淮南則爲橘 生于淮北爲枳 葉徒相似 其實味不同 所以然者何 水土異也, 史記(蘇 秦列傳), 『좡즈』 「도척편」(『莊子』 「盜跖篇」), 웨생의 믿음(尾生之信), 근연종(近緣種), 사랑나무(連理木), 속(屬, Genus)

3 겻불과 곁불

2000년대 초 "얼어서 죽을지언정 곁불은 쬐지 맙시다"라는 신문기사가 일간지에 대서 특필된 바 있다. 신문에 난 내용을 그대로 적으면, '진정한 무사는 추운 겨울날 얼어 죽을지언정 곁불을 쬐지 않는다'고 합니다. 국민이 검찰을 불신하는 이유는 검찰이 공정하지 못하고 청렴하지 못하다고 생각하기 때문입니다. "이상은 이명재 신임 검찰총장의 취임 일성이다."라고 보도했다.

그런데 여기서 '곁불'이란, 한글학회가 펴낸 우리말 큰 사전에 보면 '어떤 일에 관계하지도 않고서 가까이에 있다가 받는 재앙'이라고 적혀 있다. 북한에서는 남이 켰거나 들고 있는 불이라고 흔히 쓰인다. 다시 말하여 곁불이란, 1974년 8.15 광복절 박정희 대통령 저격사건에서, 문세광과 대통령 경호원이 쏜 권총 유탄에 거기 참석한 한 합창단 여고생이 맞아 안타깝게도 숨졌는데, 이럴 때 쓰이는 말이다.

앞의 기사 내용을 자세히 살펴보면 내 생각에 '겻불'을 '곁불'로 잘못 쓴 것 같다. 겻불이란 겨를 태우는 불이란 말로, 장작불과 대비된다. 사법고시에 합격한 수재가 이런 단어를 잘못 알 리도 없고, 글 쓰는 일이 직업인 언론인이 잘못 옮길 리도 없을 진데, 아마도 타자수가 실수했으리라 짐작은 된다.

옛날 시골집에 가면 길쌈할 때 모시 가닥이 엉키지 않도록 콩가루 풀을 벳날에다 먹이는 베메기때 은은한 불이 필요하여 짚불이나 왕겨불을 지펴 태운다. 이 불을 겻불이라 한다. 그러면 머슴들이나 길쌈하는 아낙들이 이 불을 쪼이며 추위를 달래는 모습을 종종 볼 수 있었다. 이때 소위 점잖은 양반들은 결코 그곳에 가까이 가지 않는다. 아녀자들이나 조무래기들과 어울리지 않겠다는 고결한 선비정신과 함께 겨를 태운 불은 연기가 많이 나서 옆에 서 있다 보면 본의 아니게 눈물을 흘려야 하는 꼴이 연출되기 때문일 것이다. 간혹 관용어로 겻불 대신 곁불이라고 쓰는 경우도 있기는 하나 잘못된 비속어일 뿐이고 당당하지도 못하다.

통진당 이석기 간첩 혐의사건 재판을 보노라면 마이클 샌델 교수의 『정의란 무엇인가(Justice)』가 떠올라 우리를 한 번 더 고민케 한다. 항소심 재판에서 판사의 믿음과 선고가 다른 이유는 설명할 가치도 없는 한마디로 코미디 수준이다. 내란선동은 유죄

이고 내란음모는 무죄라니 논리학 공부를 다시 해야겠다. 이러니 과거의 공안 사건 결과를 두고 배상이 이어지고 있어 국민의 세금만 축내는 것이다.

또 세월호 침몰사건과 관련 유병언의 사인규명이 초미의 관심사다. 그의 죽음을 두고 국립과학수사연구원 책임자가 흰색 가운까지 입고 나와서 긴장이 감도는 가운데 결연한 태도로 해설하는 뉴스를 본 적이 있다. 유병언의 사망은 친자인 유대균의 체포로 확실하게 입증되었지만, 아쉬웠던 대목은 사체의 본인 여부, 사망 원인 및 사망 시점이다. 시중에서는 행불자인 유승삼의 시신일 가능성이 있다는 괴담이 끊이질 않고 있다. 심지어 국민의 58%가 기관의 발표를 못 믿겠다는 여론조사결과도 나와 있다.

사실 금수원에서 채증한 칫솔이나 순천 별장의 체액은 모두 이동식 표적이어서 국과수에 유병언의 DNA 데이터베이스가 없는 한 진실을 단정키는 어려웠을 것이다. 치아 기록 또한 수작업에 불과하고, 미토콘드리아검사를 통해 모계 여부를 따졌다는데 친형인 유병일이 검거되기는 했으나 유승삼의 신원이 확인되지 않았는데, 아들인 유대균이 검거도 되기 전에 국과수가 서둘러 발표한 시점이 문제이다. 다시 말해 국과수가 유대균이 검거되자마자 본인이 틀림없다는 사실을 재확인 발표한 점은 다독일수록 의심이 의심을 낳는 게 민심이라는 점을 똑똑히 인식해야 한다.

또 어떤 법의학연구실에서 곤충학적 감정기법을 적용하여 사망시간을 일정 부분 검증했다 한다. 구더기는 '사체의 살아 있는 변호사'라고 말하기는 해도, 곤충의 발견 장소와 시점이 문제다. 보고되기로는, 사망 시점이 사체 발견 당시보다 열흘 정도 이전이라는데, 애매모호한 발표여서 이러한 법 곤충학적 검증은 노력에 비하여 별 쓸모가 없어 보인다. 수사당국에서는 생물학적 접근과 병행하여, 사체의 이동을 짐작할 수 있게, 옷이나 신발에 묻은 흙이나 현장에 잔류한 토양의 이동 경로를 추적할 수 있도록 토질공학 전문가를 동원 엑스레이 회절 등 비생물학적 방법을 추가했더라면 하는 아쉬움이 남는다.

검찰의 수사과정은 이해하기 어려운 대목이 한두 가지가 아니다. 구원파와 검찰의 숨바꼭질은 참담하여 차마 눈 뜨고 볼 수가 없을 지경이다. 다만 검찰 역시 피의자 진술이 자주 바뀌니 답답할 것이고, 그러다 보니 곁불 조심하는 것은 인지상정이요, 피의자 피해자 증인 참고인 모두 최선을 다하여 검찰의 곁불을 피해보려 안간힘을 쓰는 모습 역시 우스워 보이기는 하나 한편 이해도 된다.

우리 모두 냉정한 마음으로 곁불을 피할 줄 아는 참된 지혜와 서민들이 둘러앉아서 쪼였던 겻불을 사랑하는 따뜻한 세상을 되찾았으면 한다.

4 「송하맹호도」는 과연 실물을 보고 그린 것인가…

필자가 1970년대에 영국 프랑스 이탈리아 등 서유럽의 수많은 미술관을 둘러볼 기회가 있었는데, 나는 조선 시대의 선을 중요시하는 단정하고 간결한 수묵화나 산수화에 익숙해서 그런지 참으로 경이로운 구경이었다. 그중 상당수가 르네상스 미술 작품이어서 유독 나를 감탄시키기에 충분하였다. 물론 학생 시절 몇몇 교과서에서 익히 보았던 작품이 다수였지만, 우리나라 미술 교재는 인쇄가 조잡하여 그림만 대충 기억하고 있다가, 실물을 직접 보니 젊은 나의 어설픈 시각에서는 서양 화가들이 그린 원근법의 신비함, 음영을 통한 입체적 구도, 채색은 화려하면서도 천박하지 않은 물감의 색상에 압도되었으며, 동시에 커다란 문화적 충격을 받았다. 다만 연작(聯作)은 본 기억이 없다. 그 후 돌아와서 우리 집안에서 가보처럼 여겼던 「세한쟁우(歲寒爭友)」라는 표제의 합작 그림을 어느 지인에게 주어버렸다. 광복 후 우리 집은 내로라하는 지역 유림들의 방문이 잦았는데, 아마도 여흥으로 당시 호남을 대표할 수 있는 선비와 몇 분의 한국 화가들이 한자리에 모여 몰골법으로 그린 연작이었다.

19세기 후반 영국의 왕립 지리학회 소속 탐험가 이사벨라 버드 비숍(1831~1904) 여사가 조선의 한강 유역과 강원도 금강산 등을 두루 답사한 후 저술한 『한국과 그 이웃 나라들(Korea and her neighbours)』에 보면, 첫째 조선인들은 귀신의 존재를 믿는 미신이 성행하고 둘째 박자도 맞지 않은 삼현육각이라는 요란한 풍물놀이를 즐기며 셋째 호랑이를 신성시하면서도 물려갈까 몹시 두려워한다고 적었다.

내 생각에, 비숍은 기독교인 이어서 미신을 믿지 않으니 당연히 귀신이란 허무맹랑한 것일 뿐이다. 그러나 만일 삼현육각에 익숙한 조선 선비들이 영국의 런던 심포니오케스트라를 감상했다면 박자가 맞는다고 할지는 의문이다. 호랑이에 물려간다는 속설에 대해 서는, 사실 직립 인간은 호랑이보다 키가 커서 사람에게는 공격적이지 못하다. 내셔널지오그래픽 다큐멘터리에서 보면 아프리카 원주민 서너 명이 어깨동무하고 허장성세로 달려들어 사자무리가 잡은 들소고기도 빼앗는데, 이는 자기보다 키가 큰 주민을 사자는 보고 두려워 먼저 도망하기 때문이다. 이를 보면 극단적이지 않으면 호랑이는 사람을 해칠 수 없을 뿐 아니라 호랑이에 물려갔다는 이야기는 세간에 더러 있으나 그 직접적 증거를 나는 들은 바가 없다. 그리고 호랑이는 야행성이 강하기 때문에 개체 수가 아무리 많아도 주간에 사람의 눈에 쉽게 띄지 않는다. 호환보다는 독사나 땅벌이 더 위협적이지 호랑이 물려갔다는 전설은 전설일 뿐이다.

18세기 후반 조선 최고의 풍속 화가인 단원 김홍도가 그렸다는 「송하맹호도(松下猛虎圖)」는 미술 전문가들이 평하길, 이 그림은 탁월한 구도와 섬세한 붓 놀림에서 우리나라는 물론 전 세계를 통틀어 최고의 호랑이 그림이라 칭송한다. 나 같은 기술인의 입장에서 보아도 당시에 화구나 물감이 귀할 텐데 이런 작품을 남긴다는 것은 경외감을 느끼기에 충분하다. 그런데 풍속화라고는 하나, 당시에는 동물원도 없었을 텐데 무얼 보고 호랑이를 그렸을까 하는 의문이 든다. 거기에 소나무는 그의 친구인 이인문의 작품인 것 같다고 하니 일종의 '연작'이어서, 만일 뉴욕 소더비나 크리스티 경매장에 내놓으면 평가가 어떨지 의문이다.

한번은 중국 당나라 여황제 '우쩌텐'이 화공에 명하여 선녀를 그려오게 했다. 그러자 화공은 난감했다. 모델을 구하지 못해서다. 부잣집 귀부인이 딱 좋은데 누가 응하겠는가, 하는 수 없어 기생을 그려 바쳤더니 황제가 보고 만족했다 한다. 또 레오나르도 다빈치의 그림 「모나리자」의 주인공 '지오콘다'는 눈썹과 속눈썹이 없고 머리카락이 얇아 탈모증 환자였다고 러시아의 피부과 의사는 주장했다. 즉 아무리 유능한 화가라도 추상화가 아닌 바엔 실물은 꼭 필요하다는 뜻이다.

옛사람이 이르기를 닭이나 개를 그리는 것은 어렵고 귀신을 그리는 것은 쉽다. 즉 눈으로 쉽게 볼 수 있는 사물을 그림으로 그려서 사람을 속이는 것은 어렵다는 뜻이다. 조선후기 조정의 농지 확장 정책으로 삶이 어려워진 호랑이가 때때로 출몰하여 민가의 소까지 잡아먹으므로 조정에서는 착호갑사를 두어 일년에 천마리의 호랑이를 잡았다 하니 호랑이 모본은 비교적 구하기가 쉬웠을지도 모르겠다. 아니면 조선포수의 구전에 근거할 수도 있었음이다. 호랑이는 고양이과 동물로 고양이와 삵을 들 수 있는데 아마도 색갈이 호랑이를 더 닮은 그리고 등을 활처럼 구부릴 수 있는 살쾡이를 참고했을 수 있다는 생각도 든다.

전문가들이 맹호도를 보고 평하길 초인적인 사실성으로 은밀한 생태까지 엿보아, 귀가 다부지게 작고 당찬 느낌을 준다고 했다. 이는 분명 호랑이 실물이나 박제를 보고 그렸거나 모사라야 가능한데, 호랑이 꼬리와 발가락을 그린 것을 보면 사실과 너무 다르다. 동물원에 가서 보면 호랑이 꼬리는 '엘(L)자 형'인데 그림에는 '에스(S)자 형'으로 그려서 민화에나 나올 법한 모양새다. 생물학적인 관점에서 보면 호랑이는 살쾡이처럼 자신의 등을 스스로 휘게 하거나 꼬리 부분을 홍학모가지 구부리듯 마음대로 할 수는 없다. 거기에 호랑이와 같은 고양이과 동물의 발가락은 앞발이 5개이고 뒷발은 4개가 정상인데, 그림에서 보면 앞발가락은 4개만 그렸는데 이는 엄지 발가락을 숨겨놓았음이나, 뒷발가락은 앞발가락 수와 같은 4개로, 엄지 발가락이 포함된 듯하여 오해하기 쉽게 그렸다. 적어도 뒷발가락 중 하나는 삐져나오게 그리거나 앞발가락처럼 숨겨놓았어야 했다.

아무리 속화라 해도 사람을 그리는데 손가락 숫자를 6개로 늘려 그리거나 4개로 줄여 그릴 수는 없다. 1932년 김동인의 단편소설 『발가락이 닮았다』처럼 자연과학의 근거 위에 심리적 갈등을 표현한 경우는 있지만, 적어도 호랑이의 앞발가락과 뒷발가락이 동일하게 그린 것을 보면 사실과는 다른 그림이다. 나 같은 비전문가가 별걸 다 가지도 시비한다고 할지 모르나, 미술의 공간 구도가 아무리 중요해도, 생물학을 뛰어 넘어버리면 세계적 명작이라 하기 어려울 것 같다.

이제까지 널리 알려진 김홍도의 풍속화 「씨름」에서는 한 구경

꾼의 손을 보면 엄지손과 새끼손가락이 뒤바뀌어 그린 점이 이상하다고 알려졌으며, 또 「무동」에서 보면 대금의 방향이 반대이고 아래로 처지게 그렸는데, 이 그림을 자세히 들여다보면 젓대(大笒)잡이의 앉음 새가 아주 어색하다. 동서양을 막론하고 옆으로 부는 관악기는 지면과 평행을 이루어야 악공의 입술과 악기의 취구가 밀착되어 편하게 연주할 수 있다. 그런데 무동에서 보면 악공의 입술과 젓대가 벌어져 있어 보는 사람에게 부담을 주고 있다. 대금 산조의 명인 이생강의 자세는 물론, 동양의 가로저(橫笛)에서 유래했다는 서양 악기인 플루트 연주자의 태도를 봐도 악기를 기울여서 부는 악사가 없다. 미술 평론가들은 젓대의 기울어짐을 김홍도 그림의 특징 중 하나인 원심적 구조의 백미라고 극찬을 아끼지 않는다. 왜 그러는지 이해가 가질 않는다. 물론 왼손잡이 연주자 일수는 있다. 실제로 우리나라 대금의 윤장현 명인도 손가락 부상으로 대금을 반대로 잡고 연주하며, 미국의 골프선수이며 통칭 세계 최고의 이인자로 불리는 필 미컬슨은 원래 오른손잡이지만 왼손잡이 자세를 취한다.

을사늑약 후 일본인들과 그 들의 사주를 받은 일부 조선 포수들이 호랑이 밀엽과 남획에 대대적으로 참여하여 거의 멸종시키다시피 했으며, 동시에 일본 화가들까지 조선에 진출하여 호랑이 그림 그리기에 심취했고, 지금도 많은 유작이 남아 있다. 그런데, 자기 나라에 없는 호랑이 그림을 그린 걸 보면 그들이 그림 도구나 물감 구입이 용이하고 실물이나 박제 구하기가 쉬워 그런지 표정이 매우 사실적이어서 조선 화가의 그림과 대비된다. 물론 한국의 어떤 미술 평론가는 일본인이 그린 호랑이 그림은 으르렁 소리만 들리는 천박한 화풍이라 비하하는데, 나는 과학도의 한 사람으로서의 안목일 진 몰라도 선뜻 동의하기 어렵다. 동시대에 일본인 무명 화가가 그린 「응시(凝視)」란 이름의 호랑이 그림을 보면 저절로 몰입감에 빠져든다.

겸재 정선이 그린 「인왕제색도」는 진경산수화로, 화가가 인왕산 아래 산의 기운을 타고 태어났을 뿐 아니라 또 수없이 답사하며 그렸다 한다. 그런데, 만일 호랑이를 보지 않고도 맹호도를 그렸다면 민화와 무엇이 다를가⋯. 또 화가는 중국 명 말의 문인화가인 리우팡(李流芳)을 흠모하여 그의 아호인 단원(檀園)을 그대로 따온 특이한 이력을 가진 분이기도 하다.

그림 감상을 하다가 뜬금없이 생물학 이야기를 왜 꺼내는지는 다 이유가 있다. 16세기 폴란드의 신부 코페르니쿠스는 성서를 더 잘 알기 위하여 천문학을 연구하였고, 르네상스 시대 이탈리아의 미술가 미켈란젤로는 살아 숨 쉬는 조각 작품을 위하여 인체 해부학까지 공부했다. 그런가 하면 서양의 화가들은 동물을 그리기 위해 생물생태 조사는 기본이다. 1839년 프랑스 화가 루이 다게르가 은판사진술을 완성하자 이제 길거리 화가는 쓸모가 없어졌다고 했으나 그 후 인상파 회화의 출현으로 아이러니하게도 미술은 사진술을 뛰어넘었다. 여기서 실물 호랑이 그림을 강조하는 이면에는, 비슷하게 그리드라도 그 안에 내공이 포함되어야 하는데, 붓 놀림은 가히 신의 경지이나 실물과 다르게 그리는 이유를 이 그림에는 특별히 찾기 어려워 서다.

옛 시인은 시 한 수 짓는데 고치고 또 고치고 나면 버리는 종이가 한 광주리라 했다. 그러나 회화는 그럴 수 없다. 200여 년 전 열악한 환경에서 왕의 초상화 작업에도 참여했던 당시 최고의 화가의 작품을, 여기서 몇 자 적어보는 것은, 보는 이마다 이런저런 여러 의견이 있을 수도 있다는 생각에서다. 그리고 회화의 감상은 학예사들의 전유물도 아니다. 회화 공부에 문외한이 비전문적이고 단편적 생각만으로 이야기한다고 타박할지 몰라도 누구나 보고 그 느낌이 다양할 수 있다. 16세기경 다빈치가 그린 프랑스 '루브르 「모나리자」'는 똑같은 '아일워스 「모나리자」'가 영국에서 새롭게 발견되어 논쟁이 되다가, 과학의 발달로 그림에서 작자의 지문이 확인되어 둘 다 진품으로 인정되었다. 이는 화가가 여벌로 그려둔 것으로, 유채 패널화를 그리면서 손가락으로 물감을 입히는데 사용한 흔적을 조사하여 밝혀낸 것으로, 학예사가 아닌 과학자의 도움이 절대적이었다. 또 이집트의 유적에서 나왔다는 수많은 위조품 감별은 부근의 흙을 엑스레이 회절 기법을 이용하여 고고학에 문외한인 기술자가 참여한다.

어쨌든 화풍을 떠나서 있는 그대로만 그림을 감상한다면, 속화든 민화이든 「송하맹호도」는 우리의 위대한 유산임에는 틀림없다. 다만 세계 최고의 호랑이 그림이라는 말은 과찬일 것 같다.

「송하맹호도」

「무동」

5 단지(斷指)

조선 시대 나라의 근본 중 하나는 삼강오륜이라는 유교적 윤리로 무장한 효도의 실행이다. 부모가 기력이 다하여 숨이 넘어가게 되면 자식이 바로 자신의 손가락을 깨물어 흐르는 피를 부모의 목구멍에 흘려 넣어주어 위기를 모면했다는 이야기는 흔한 일화다. 아버지가 연로하면 기를 보충해 드린다고 어린 처녀를 합방케 함도 부끄러운 일이 아니었다. 심지어 며느리가 자신의 엉덩잇살을 베어 끓여 먹여 시부모를 공양했다고 정려문을 세워 표창함으로써 순진한 백성들은 이를 믿고 존경까지 했다. 그러나 자신의 엉덩잇살을 떼어낸다면 이는 곧 자살행위다. 또 부모가 운명 시에 자식이 단지하여 피를 넣어주면 피는 응고하여 부모의 기도를 막히게 하는 살인행위다.

연로한 부친에게 어린 처녀를 넣어주면 기를 불어넣어 주기는 커녕 그 반대다. 그나마 늙은 노인의 마지막 남은 에너지는 젊은 여자의 블랙홀에 빨려 들어가기 마련이다. 반면, 연로한 어머니에게 동자를 들여보내 수발시켰다는 이야기는 내 들은 바가 없다. 전형적인 반페미니스트적 사고다. 심지어 조선 시대에는 한번 청상이 되면, 동학농민혁명군의 요구에 부응하여 갑오경장에서 과부 재가가 허용되기 전까지는, 평생을 독수공방 신세였다. 나는 굳이 언급하고 싶진 않지만, 오죽하면 한국의 식자인 어떤 언론인은 조선 시대 여성의 절반은 양반의 성 노리개였다고 해 다수의 국민들로부터 빈축을 사기도 했다.

중국의 문화혁명 시대에 아방가르드 작가로 알려진 위화가 저술한 『허삼관 매혈기』에 보면 돈을 더 받기 위해 피를 뽑기 전 물을 많이 마셔두는데, 어떤 욕심쟁이는 물을 너무 많이 마셔 오줌보가 터진 일도 있다. 물을 많이 마신다고 피가 더 생성되거나 희석되는 것은 아니다. 과유불급이란 말이 여기에 해당한다. 지금도 우리 주변의 일상생활에서는 비과학적이고 맹신적 사고가 판을 치고 있다.

한증막에 가보면 여자들이 땀을 뻘뻘 흘리며 참을성을 시험하고 있고, 또 골프장이나 군 훈련장엔 소금을 비치해두고 있다가 운동 중 흘린 땀으로 염분이 빠져나가니 이를 보충하라 권한다. 그러나 땀의 대부분은 물이므로 소금을 너무 많이 섭취하는 것은 몸속에 과도한 염분을 유지시키므로 유해할 수 있다. 땀의 주 성분은 99%가 물이고, 0.1%는 요소 그리고 0.8%가 염분이다. 특히 한증막에서 흘리는 땀은 운동 시와 달리 체온을 낮추기 위해 땀구멍이 열리게 되어 있어, 시간이 갈수록 물만 빠져나온다. 거기에 연로한 몸은 땀구멍조차 잘 열리지 않아 탈진 가능성이 높아진다.

따라서 염분보다는 수분 보충이 더 필요하다. 인간 생체 내 수분은 대략 65% 정도로 체세포 내외에 존재한다. 그래서 세계보건기구에서는 성인의 경우 하루에 염분은 5그램 정도 섭취, 물은 1.5~2.5리터를 마시도록 권고하고 있다. 과도한 소금 섭식이나 너무 뜨거운 물 목욕은 우리 몸의 교감신경을 자극하여 말초혈관의 수축과 혈압상승을 유도한다. 반면 적당한 수온은 말초혈관확장에 의해 혈액순환, 근육이완, 산소공급 등을 도운다.

음용수를 모르고 잘못 마셔 사고가 난 일도 허다하다. 70년대 전북 익산의 어느 마을에서 시집온 여자들 중 상당수가 이빨의 법랑질(Enamel) 저 형성으로 인한 반상치 환자였다. 조사를 의뢰받아 수질검사를 해 보니 시집오기 전 친정집 주민들이 먹었던 지하수에 불소가 상당량 포함되어 있었다. 이유는 물론 그곳 지질광물 때문이다. 적당량의 불소는 치아를 건강하게 하지만 과량이 문제다. 지금도 상수도 시설이 없는 동네에 거주하는 주민이 다른 동네에 가서 그곳 지하수를 음용하면 설사를 하는 경우가 종종 있는데, 이는 지하수별로 음이온을 띄는 황산이온 농도가 달라 적응에 상당한 시간이 소요되기 때문이기도 하다.

임란 후 조선 천지는 헐벗고 굶주린 백성들로 원성이 가득하고 민심은 흉흉했다. 당시 조선은 효 사상이 사회 도덕의 첫 번째 덕목이라, 아무리 가난해도 부모가 병들면 최소한 한약방에 가서 진맥 받고 탕약 지어 올리는 게 당연지사로 여겼다. 조선이 효를 나라의 근본인 양 떠들어 댄 것은, 백성의 효를 왕에 대한 충성심으로 승화시키기 위한 교묘한 수단이었다. 조선의 정치가들은 자신의 이해를 따지며 효성심까지 써먹은 것이다. 특히 산골에 사는 주민은 약에 대한 정보가 부족하니 각자도생 길 말고는 뾰족한 수가 없다. 그러다 보니 이 틈을 노려 사이비 약장수들이 판을 쳐 그 적폐가 매우 심했다. 이를 보다 못한 선조가 어의인 허준에게 『동의보감』이라는 소위 표준 한방 처방서를 지어서 널리 보급하게 했다. 조선의 의술 서적은 주로 중화로부터 들여와 왕실에서 보관 사용했는데 이걸 일부 해제한 셈이기도 하다.

그런데 17세기 초 주로 중국 문헌이나 향약을 참고하여 편찬한 허준의 『동의보감』을 지금도 전문가들까지 가전의 보검인 양 마구 꺼내 인용한다. 재현성과 사실 검증도 부족한 한약 복용에 대한 한의의 대답은 "그동안 수백 년 사용한 흔적이 바로 증거."라고 주장하기도 한다. 물론 조선 시대에는 사농공상이 신분의 척도가 되어 유능한 인재가 이를 기피하던 시절이라 체계적이지 못하고 후속 연구가 부족함은 역사가 증명하고 있다.

코비드19 신속항원 검사와 의료에도 한방에서 참여하겠다 하며, 한의학으로 이미 4천여 명의 코로나 환자를 치료했다는데 한방으로 완쾌시켰다는 주장은 없으니 치료인지 완화 인지가 불분명하다. 한방으로 백신이나 코로나 후유증 클리닉은 가능하겠지만, 만일 완쾌라면 중국 다음가는 세계적 뉴스거리다.

2022년 4월 중국 『런민르바오(人民日報)』 보도에 의하면, WHO가 중국을 대신해 발표한 보고서에서, 코비드19 치료에 중의학의 유효성과 안전성을 인정하고, 각국의 보건 시스템과 규제 틀 내에서 중의학 처방을 권고했다. 즉 중의학을 도입하여 저항력 완화나 경증 혹은 일반형 환자의 임상 예후를 개선할 수 있다는 것이다. 이 또한 WHO와 밀착한 중국 특유의 두루뭉술한 주장일 뿐이다. 중의학으로 치료가 가능하다면 왜 지금 상하이는 코로나19로 고립무원 상태인가 묻지 않을 수 없다. 2022년 5월 북한에서는 유열 환자(코비드19)가 급증하자 다급한 나머지 16세기에 편찬한 중국 의서 『본초강목』에 해열제로 기록된 바 있는 금은화(金銀花)나 버드나무 잎을 우려먹도록 권유하고 있다 한다. 참으로 안타까운 현실이다.

16세기에 폴란드 사제 겸 과학자인 코페루니쿠스가 기존 기독교 천동설의 허구를 밝혀냈으나 포교에는 전혀 영향을 주지 않았다. 과학의 발달은 아이러니하게도 종교를 더욱 번창시켜 왔다. 한방도 양방의 발전과 더불어 독자적인 영역을 개척해야 한다. 제주도에서는 토종 흑돼지를 이용한 '치매 복제돼지 생산기술'로 미국 특허를 획득했으며 이의 기전연구를 통하여 수조 원대의 수익 창출을 기대하고 있다. 우리나라의 토종 생쥐도 신약개발의 단초가 될 수 있는 인간 질병 유전체 실험용으로 다량 생산이 필요해 농가의 부업은 물론 해외 시장까지 넘보는 의학도들도 있다. 그런데 동물 애호가들의 반대가 심하다. 그래서 최근에는 수천 종 약을 한꺼번에 시험하는 장기 재생 후보 약물 기술개발, 소위 미니장기(오가노이드)까지 만드는데, 이는 대체 의학인 한의학의 발전을 기대할 수 있는 유망 시장이기도 하다.

천 년 전에 이미 죽은 안데스 주술사 주머니에서 마약의 일종인 코카인이 최근 발견되었는데, 이는 진통과 마취에 이용한 일종의 서양 의료행위의 시작으로, 서양에서는 끊임없이 신약의 개발, 임상시험, 인체 해부 등 현대의 과학적 검증을 이어 왔다. 15세기 레오나르도 다빈치는 인체 비례도를 그려 르네상스 시대의 창의적 예술에 기여했고, 이어서 벨기에의 의사 베살리우스는 16세기에 이미 실증주의에 기반한 오늘날의 인체 해부학을 발전시켰다. 반면 조선 시대에는 명주실로 왕비의 임신 여부까지 확인했다는 엉터리 어의도 있었다.

서양은 아인슈타인 이후 허블 망원경에 의해 빅뱅 이론을 증명해 나아가고 있고, 이어서 제임스 웹 우주 망원경을 띄워 조만간

영상이 들어오면 다중 우주론까지 증명하려고 하는 중인데, 한 의학의 원조 격인 중국(漢)은 인체를 소우주라며 음양론에 의존, 전국시대 외과학의 비조라며 비엔쿠에(扁鵲)나 후한말의 후아투오(華陀) 타령만 했지, 세포 생화학과 같은 과학적 근거는 극히 취약하다.

최근에는 일반인은 물론 지식인들도 일부 매체를 통해 얻은 약품의 신뢰나 자신의 건강정보 능력을 과신한다. 심지어 요즈음 코로나19 치료에 고춧대 차를 음복하거나 구충제까지 복용하는 그릇된 '건강정보 문해력(Health literacy)'에 의존하는 자가치료 인구까지 늘고 있어 문제다.

6 | 기러기발

지조가 부족한 정치인을 흔히들 해바라기 형 혹은 철새 형이라고 비아냥거린다. 그러나 해바라기나 철새는 결코 정치가들과 비교되는 생물이 아니다. 해바라기는 쌍떡잎식물로 광합성을 위해 햇볕을 필요로 하기는 하나 해를 향해 머리를 맘대로 돌리기까지는 못한다. 다만 씨앗을 맺으면 열매가 무거워져 당연히 고개가 숙여질 뿐이다. 아마도 해바라기(Sunflower)를 중국에서는 '샹리쿠이(向日葵)'라 부르니 해만 바라보는 꽃이라고 우리가 알아들은 것 같다.

또 철새는 주로 기러기를 이르는데, 이새는 시베리아 동부에서 월동을 하러 따뜻한 먼 남쪽을 향해 가는 데 보통 사오일 걸린다.

대부분의 철새는 한 번에 연속 비행 가능한 시간은 이틀 정도가 소요되고 그러면 체중이 반감된다. 그래서 중간 기착지로 한국이나 일본에 도착한 후 먹이 활동이 끝나 체중이 늘면 곧바로 제 갈 길을 간다.

군이 경제적 관점에서 보면 철새는 우리의 토종도 아니고 곡식만 축내며 질병이나 전염시킨다. 그러나 조선 시대 규합총서에 보면 이새는 한번 짝이 되면 평생을 함께하는 신용 있는 생물로 여겨 혼인식에는 반드시 나무기러기(木雁)를 놓았다. 또 기러기발(雁足)은 가야금 줄을 괴는데 사용할 만큼 지조와 중심을 상징하는 데 쓰였다. 그런데도 사람들은 기러기는 지조가 없는 새라 하거나, 기러기 가족이니 펭귄 가족이니 말하는데 그 쓰임새가 모두 옳지 않다. 같은 철새인데도 제비는 삼월 삼짇날이면 꼭 돌아오는 신용 있는 총명한 영물이라고 인간들은 칭찬을 아끼지 않는다. 모순이다.

철새는 태생적으로 태양을 좋아하지 음지는 싫어한다. 어쩌면 일반인들은 물론 정치가들도 음지는 피하고 양지를 찾아가는 게 타고난 생리일 것이다. 사전적 의미에서 보면 철새 정치가(候鳥政治家)란 개인의 이익만을 쫓아 당적을 자주 변경하는 개인을 뜻한다. 그러나 철새의 입장에서 보면 억울하다. 철새는 지조와 절개의 새이기 때문이다. 따라서 훌륭한 정치가는 기러기처럼 신념과 원칙을 지키면 그뿐이다.

일본 미에현 쓰시에 가면 센고쿠 시대에서 에도시대에 이르기까지 수많은 성주를 전전한 도도 다카토라의 기마상이 우뚝 서 있다. 그는 일본 무장 다이묘로 임진왜란과 정유재란에서 일본 수군장으로 출전했다가 명량해전에서 이순신 함대에 참패한 인물이다. 그러나 그는 천수를 누렸고, 7번이나 주군을 바꾸었다고 스스로 자랑하며, 장래성 있는 주군을 모시는 것이 진정한 정치라 했다.

한편 한국의 김종인 전 보사부 장관은 전 세계에 모범이 된 국민건강 보험 창시자이다. 그때부터 꾸준히 이어져 온 우리나라 의료 체계 개편은 오늘날 사스, 메르스에 이어 신종 코로나바이러스 감염 극복으로까지 이어져 세계를 놀라게 한 원동력이 되었다. 그의 역량과 정치 철학이기도 한 경제민주화는 여야를 가리지 않고 섭렵하였으며 오늘의 문재인 정부나 이준석 개혁신당에 이르기까지 가히 일세를 풍미한 프로다. 그는 과연 조선 시대 정도전처럼 경험과 실리를 추구하는 위인일까, 아니면 이하응처럼 노회하고 명분에 집착한 정치가에 불과할 것인가의 평가는 역사가에게 속하겠지만, 지금 분명한 것은 진보 야당에게도 발탁되었으며 동시에 성공까지 한 점이다. 반드시 철새 정치인이 아닌 구국의 영웅으로 남기를 바랄 뿐이다.

제1차 세계대전 후 지친 미국을 "평화로운 복귀"라는 슬로건으로 당선된, 공화당 출신 제29대 미국 대통령 워런 하딩(Warren Gamaliel Hardling)은 큰 키에 멋진 목소리까지 갖춘 전형적 미남이었으나, 그는 미 국민이 뽑은 역대 최악의 대통령 1순위이다. 하딩은 선거 유세에서 단연 돋보여 당선되었으나 취임 후 돌변, 무사안일주의를 연상시키는 대표적 대통령으로 평가되고 있다. 오죽하면 지금도 미국 사람들은 그가 2기 대통령 유세 중에 서거했음에도 불구하고 '조명발 아래 모델하우스 같은 대통령'이라 평가한다. 그래서 미국인 들은 표리부동의 인물을 총칭하여 '미스터 하딩'이라 부른다. 다시 말하여, 미스터 하딩이란 말은 애칭이 아니라 놀림감의 대명사다.

최근 우리나라는 유례없는 바이러스 독감 중에도 선거는 무사히 치르긴 했는데, 선거 후 '미스터 허' '미스터 말 아톤' '미스터 광화문' 등등 수많은 미스터 하딩을 탄생시키는 슬픈 세상이 안되었으면 한다. 세계의 문명국이라 자타가 공인하는 미국과 프랑스는 다른 나라 비행장까지 난입하여 마스크 쟁탈전을 했다. 서구의 민낯이 만천하에 드러난 사건이다. 중국을 음흉한 나라라며 비난하던 선진국의 교만함은 어디로 갔단 말인가…. 참으로 가관이다. 선진국은 창피한 줄 알아야 한다. 한국의 손미나 작가와 인터뷰한 스페인 언론은 한국의 방역 우수성에 극찬을 보낸 반면, 프랑스의 변호사인 비르지니 프라델은 한국은 손목밴드로 개인의 자유를 버린 나라로 규정했다. 한 나라를 노리갯감으로 취급하는 참으로 어이없는 유사 선민의식이다. 우리는 이를 타산지석으로 삼을 일이며 까닥 방심해서는 어느 나락으로 떨어질지 모른다.

한 번은 조선 선비 집에 인도에서 온 한 승려가 말하길, 인도에 가면 코끼리(象)라는 짐승이 있는데 코로 밥을 먹는다고 설명하자, 조선 선비가 크게 화를 내며, 우리가 아무리 소국이라 해도 이건 지나친 발상이라며 승려를 심히 타박했다. 선거철이 되면 우리나라는 코끼리를 한 번도 보지 못한 불량 선비가 판치는, 마치 인도 승려를 타박하려 드는, 무식과 허구 일색이다. 선거권자는 피선거권자의 깊고 검은 속내를 도저히 알 도리가 없다. 다만 위장에 능한 지도자는 시간이 지나보아야 다소나마 짐작할 뿐이다.

미국 국민이 가장 신뢰하는 집단은 목숨 걸고 나라 지키는 군인이며, 일본은 비교적 공정 보도에 힘쓰는 언론인이고, 태국은 그 나라 왕실이다. 네팔 사람들은 지위가 낮으면 당연히 남의 신세를 많이 질 수밖에 없으므로 출세해야 한다고 믿으며 잘 사는 사람을 도리어 존중한다. 베트남 사람들은 침략국인 프랑스와 미국을 미워해도, 필요할 시는 잠시 의지하기도 할 줄 아는 슬기로운 민족이다. 제1차 세계대전 이후 가장 끔찍한 코로나바이러스 역병이 종식되면, 우리는 의료인들을 아무리 찬양해도 모자랄 것이다. 유관순 기념비 옆에 상처투성이 간호사 동상이라도 세워 봄 직하다. 동시에 우리도 이제는 이번 선거를 계기로 기러기발처럼 악사의 깊고 아름다운 손놀림을 잘 잡아 전달해 주고 소음은 제거해 주는 존경받는 그룹이 탄생했으면 한다.

기러기

7 조선 선비 갓

19세기 말 흥선대원군 이하응은 쇄국으로 조선을 '루저의 나라'로 만들었고, 중국 진나라 시황제의 분서갱유 버금가는 서원 철폐를 단행했다. 반면 복장 간소화 차원에서 양반들이 애용하는 '말총갓(馬尾笠)' 테두리는 줄이게 했는데 이유인즉 갓의 테두리가 클수록 양반의 위세가 더 한다고 너도나도 갓을 크게 만들어 쓰니 그 병폐가 말이 아니었음이라. 조선 갓을 제작할 시는 말의 꼬리나 갈기를 사용했는데 갓 하나를 만드는 비용은 상상을 초월했으며, 또 말 학대 그 자체였다. 얼마 전 KBS 대하사극「태종 이방원」촬영 시 이성계가 탄 말이 고꾸라져 죽자 동물 학대라며 논란이 일자 드라마 방송이 일시 중단된 사례도 있다. 쇄국은 했으나 양반 갓 테두리를 줄이게 한 것은 대원군의 치적인 적폐청산 중 하나임에는 틀림없다. 마치 이탈리아의 베네치아에서도 한때 곤돌라를 너무 사치스럽게 색칠하여 자랑하는 바 검소 차원에서 검은색으로 통일하여 낭비를 막고 지금에 이르렀음에 비교된다.

고대 중국시대 이야기다. 황제가 조회를 하는데 대신들은 지루한지 귓속말로 서로 쑤군거리거나 황제가 들을 수 없는 이야기로 분위기가 산만해지기 일쑤였다. 이를 괴히 여긴 황제는 대신들에게 명하여 관모의 뿔 양쪽을 각각 석 자가량 빼놓아 서로 사담을 못 하도록 조처하였다. 요즈음으로 말하면 코로나 방역을 위하여 서로 1m 떼어 줄 서기와 비슷하다. 그런데 이게 무슨 유행인양 국립중앙박물관에 전시된 고려 시대 귀주대첩을 지휘한 강민첨의 초상화를 보면 뿔이 유난히 길어 거추장스럽기 그지없다. 그래서인지 그 후 정몽주의 초상화를 보면 뿔이 아래로 처져 있다. 그러다 조선 시대에는 감투 날개를 매미 날개 모양으로 하거나 앞으로 휘게 하여 면목을 다소 세운 듯하다.

1898년 대한제국을 방문한 독일인 크노헨 하우어는 '조선인들은 반 외세적이었다'고 회고했는데, 이는 아마 대원군의 쇄국정책 탓이었을 것 같으며, 그 후 1913년 조선을 다녀간 독일인 페테르 예쎈이 쓴 글을 보면 "조선인은 바르고 당당한 체구와 잘

생긴 용모는 일본인들을 압도했다." 한다. 짐작하건대 조선 선비들은 외출 시 반드시 상투를 틀고 이를 가릴 겸 갓을 쓰며, 집에서는 정자관이나 유관을 써서 의젓하고 키가 크게 보이기 때문이기도 한 것 같다. 이는 또 하인들이나 아동들을 가르치는데 위엄을 보이며 아녀자들에게도 통했을 것이다.

한옥의 솟을대문처럼 키 큰 갓을 쓴 용모가 당당한 조선인에 비하여, 근친혼을 하는 일본인(倭人)들은 왜인(矮人)이 많아 외국인들이 쉽게 구별한다. 타투(文身)란 옛날 일본 오키나와 지방의 어부들이 많이 애용했는데, 그들은 체구가 왜소한 탓에 큰 물고기를 온몸에 새김으로써 물속에서의 두려움을 떨치기 위함이었으며 그후 중국 대륙으로 건너가서는 용 문신으로 발전했다. 마치 개구리가 짝을 찾기 위해 울음주머니에 공기를 불어 넣어 과장하는데 그 허장성세에 천적인 뱀도 독 두꺼비인 줄 알고 크게 놀란다 하며, 영국의 신사들도 실크해트(中折帽)를 즐겨 쓰는데 이는 북쪽의 키 큰 바이킹을 의식해서란 설도 있다. 아프리카인들은 큰 키를 자랑하고 사자에 대항하기 위해 제자리 뛰기에 능하다 한다.

19세기 영국의 한 여성 탐험가는 기록하기를, 조선의 주택가에는 어린아이가 집을 놔두고 문밖에 나와 하필 골목길에서 응가를 한다. 그러면 어느 틈엔가 때 묻은 동네 강아지가 다가와 이를 깨끗이 먹어치운다. 그리고 섣달 그믐날에는 주택가 다니기를 피하라고 당부했다. 이유로는 조선에는 유자들이 많아 공자 사상 중 하나인 『효경』의 '신체발부수지부모'라는 효의 실행을 위하여, 평소에 갓을 쓰기 전 상투머리를 치장하고 남은 머리카락을 버리지 않고 기름종이에 소중히 간직한다. 그러다가 음력 연말연시에 집집마다 문밖에서 소각하는데 그 냄새가 참으로 고약하다는 것이다.

이 영국인은 "내가 청나라 베이징을 가보기 전까지는 한양이 세계에서 가장 더러운 도시였다."라고 술회했다. 아마도 당시 청나라의 위생은 지금 베이징의 대기오염 못지않게 엄청 심했던가보다. 고금을 막론하고 중국은 무엇 하나 우리에게 도움이 되지 않는다. 그들은 한류 훔치기에서 김치까지 닥치는 대로다. 지난번 베이징 겨울 올림픽에서는 또 한복을 중국 소수민족 한푸(漢服)라며 뻔뻔하게도 내세우질 않은가 하면, 심지어 조선 갓까지 중국이 원류란다.

2018년 평창 동계 올림픽 개막식에서는 '히말라야에서 한반도까지'의 불교 설화에서 전파된 인면조(人面鳥)가 세계인의 눈길을 끌었다. 이는 고구려 벽화에서 모티브가 되었다는데, 우리의 전통이자 조선 갓의 유래라며, 유교 드래건이라 일컫는 이도 있다.

여성들은 외출 시나 재택 시에도 쓰개치마나 겨우 동백기름 바른 밑머리인데 키가 작고 동그라미라서 갓 쓴 양반에게 복종을 강요받는 모습이다. 다만 왕실에서는 왕비가 키 큰 위용을 과시하는 왕비 관을 쓰고 대신들을 위압하는 듯 보였다.

그러나 한편 생각해 보면 양반 갓을 쓴 위풍당당한 조선 선비의 생활 이면에는 그들의 위생상태는 어땠을까 하는 의문이 든다. 조선 시대에는 흔히 처가와 측간(厠間)은 멀리 떨어질수록 좋다고 했다. 사실 한옥은 위세만 떨었지 내부는 한심하게도 병풍 뒤에 숨겨놓은 요강 빼고는 변변한 위생시설이 없다. 그러니 여자들은 밑이 터진 고쟁이를 입고 아무 데에서나 용변을 본다. 얼마 전 조선 시대 궁궐 일부를 해체했는데 변소로 보이는 기다란 도랑이 발견되었다. 아마도 궁중 사람들이 용변을 본 후 거기에 모았다가 아궁이나 화롯불 또는 화톳불 등에서 나오는 재로 덮은 후 관노나 농부가 농토로 환원했을 것으로 추정된다. 이는 민가에서도 마찬가지였다. 중국문화 때문인지 모르지만 한 가지 아쉬운 점은 조선 선비의 목욕 문화 흔적은 별로 없다는 점이다. 일본만 해도 다르다. 내가 경험하기로는 일제 강점기 이후 적산 가옥에 목욕용 큰 가마솥이 있어 나도 신기해하며 사용한 기억이 난다.

나는 젊었을 적부터 '우리의 뿌리는 과연 무엇인가?' 항상 수수께끼였다. 그런데 박근혜 전 대통령이 재임 시 재한 외국인들을 초청하여 평소에 궁금하셨는지 '우리나라의 시대정신'이 무엇이라 생각하느냐고 묻자, 잠시 적막이 흐르다가 그중 한 청년이 손을 번쩍 들고 똑똑히 답하길 바로 '조선의 선비정신' 아니냐고 힘주어 말했다. 우리도 생각하지 못한 이 말을 듣고 나는 깜짝 놀랐었는데 그때 기억이 지금도 생생하다. 그 후부터 나는 조선 선비와 갓에 대한 생각을 한 번 더 되돌아보는 계기가 되었다.

　2022년 베이징에서 열린 동계올림픽대회에서 보여준 허술한 개최는, 세계의 수많은 후진국들에게 중국의 신기술을 보여주려 안간힘을 폈지만, 물새는 천정은 가리기에만 급급했고 친환경 올림픽이라는 슬로건이 무색하게도 1억 명이 쓸 수 있는 물로 100% 인공 눈을 만들어 부상자만 속출시키는 올림픽을 강행했다. 중국은 한복은 말할 것도 없고 심지어 조선 선비들의 갓까지 훔치는 일에나 관심 둘 일이 아니고 그 정신을 배워야 한다. 그들이 닥치는 대로 자기들 문화라고 주장만 하는 뻔뻔함을 계속 고집하면 그 나라의 미래는 없다. 그런가 하면 관중과 선수들은 자국이 지면 상대방 트집 잡기에만 골몰했다. 미국 언론 『USA 투데이』에 의하면 폭설로 심지어 베이징 올림픽 성화도 꺼져버렸다 하는데 오보이길 바랄 뿐이다. 어쨌든 세계적 팬데믹 상황에서도 온갖 어려움을 극복하고 치러낸 중국인의 노고에는 경의를 표하고 싶다.

전 세계를 흥분의 도가니로 만들었던 한국의 평창 겨울 올림픽은 편파 판정도 없었고 운영은 물론 그 속에 우리만의 선비정신이 깊게 깃들여 있었음을 그들은 알았어야 했다. 지난번 베이징처럼 서투른 겨울 올림픽을 반면교사로 삼아 물질적 풍요가 아닌 '세계인의 새로운 시대정신'으로 중국이 대국다운 모습으로 재탄생 했으면 싶다. 미국의 스피드 스케이팅 선발전에서 1위를 차지하고도 '흑인선수 에린 잭슨'에게 출전권을 양보하여 금메달을 받게 했으며, 차별이 화두인 시대에 '자신과 다른 면이 있는 사람을 외면해선 안 된다'고 말한 '백인선수 브리트니 보' 같은 영웅이 있었기에 올림픽은 세계인의 영원한 시대정신이며, 조선의 선비정신과도 일맥상통한다.

조선 선비 갓

8 │ 태조 어진과 오조룡보

　다소 논란은 있지만 우리나라 꽃은 아욱과의 낙엽관목인 무궁
화로 통용되어 국민의 대표기관인 국회의원 배지도 무궁화가 표
시되어 있다. 다시 말하여 우리나라에서 무궁화 꽃은 관습적 국
화다. 대부분의 나라에서도 나라꽃이라는 것이 법제화되어 있지
는 않다. 비근한 예로 일본은 벚꽃이 국화(國花)가 아니고 꽃이 떨
어질 때를 그들이 좋아할 뿐이다. 중국은 화중지화로 불리는 모
란꽃을 궁중을 중심으로 선호하였으나 황허 이남에서는 절개를
뜻하는 매화를 좋아하여 서로 다투다 아직까지 국화 지정을 못
하고 있다.

　일본의 경우 왕실은 국화(菊花)를 문장으로, 영국은 소위 15세

기 장미전쟁 이후 왕실이나 잉글랜드에서 장미를 나라꽃으로 여긴다. 국화뿐 아니라 주화도 있다. 예컨대 미국 동부지역인 뉴욕 등은 영국의 영향을 받아 장미가 주화이다. 일본 삿포로는 라일락을 도화라 하여 기념하는 축제를 매년 열고 있다. 그곳 주민들은 라일락이 서양에서 건너온 나무인 줄 알지 한국이 원산지인지는 잘 모른다.

전 세계적으로 나라꽃의 지정은 그 나라 국민의 상징과도 같아, 국기 못지않게 소중한데 이는 군주의 권위와 일반 백성의 선호도에 따라 서로 상충된다. 일 왕실 국화꽃, 청 황실 모란꽃, 대한제국의 자두꽃 등은 당시 지배자의 상징일 뿐 나라꽃은 아니다. 또 로마나 중국의 황제 제도는 사라진 지 오래전이고 영국은 여제가 아닌 여왕(Queen)이라 부르는데, 세계에서 유일하게도 일본은 국왕을 지금도 천황 폐하라고 부른다.

중국 상하이에 가면 명나라 시대인 1559년부터 18년에 걸쳐 판원된이란 고관이 조성한 위위엔이 있다. 특이한 점은 그곳 담장이 발톱 셋 달린 용의 형상으로 둘러 처져 있다. 이를 수상히 여긴 명 황제가 그를 불러, 용이란 황제를 상징하는데, 사저에 용을 둔 것은 모반의 징조가 아니냐고 추궁하자 아뢰길 "원래 용이란 발톱이 5개인데 소인 집의 담장에 있는 것은 발톱이 3개뿐이니 이는 용이 아닙니다." 하여 위기를 모면했다 한다.

2024년 갑진년은 용의 해다. 영어사전을 찾아보면 용은 드래건(Dragon)이라 표기하는데, 중국인들은 이를 오역이라 주장한다. 다시 말하여 서양의 용은 그리스 신화에 나오는 사악한 동물로 공룡, 익룡, 악어, 그리고 박쥐 날개를 하고 있는 반면, 동아시아의 용은 사슴뿔, 뱀의 몸, 물고기 비늘 그리고 소의 귀를 형상화하고 있는 신성한 상상의 동물이다. 다만, 한가지 공통점은 둘 다 비늘이 몸에 붙어 있다는 점이다.

동아시아 한자문화권에서, 용을 중국은 한어 병음으로 '룽(Long)' 또는 리샤오룽(Lee Siu Loong)에서와 같이 '룽(Loong)'이라 표기한다. 일본은 용을 '류 또는 타쓰'로 발음하고, 우리나라는 순우리말로 '미르'라 한다. 특히 중국인 들은 영어 표기인 드래건을 싫어하는데, 이유로는 중국의 용은 황금색인 반면, 서양 드래건은 검은색으로 표현하기 때문이다. 여기서 한 가지 의문점은 2024년은 갑진년으로 푸른 용 이어서 다행이지만, 12년 전 해인 2012년은 임진년 즉 검은 용인데, 중국은 어찌 해석하는지 궁금하다.

전주 경기 전에 가면 어진 박물관이 있는데 이곳에는 태조 이성계의 초상화 진본이 보존되어 있다. 원본은 태종 10년(1410년)

에 고향인 전주에 봉안되었으나 구본이 낡아 고종 9년(1872년)에 화공을 시켜 다시 제작한 국보 제317호이다. 그런데 자세히 들여다보면 태조의 청룡포에 오조용이 선명히 눈에 띈다. 세종 26년(1444년)까지는, 조선은 명의 속방 신세여서, 오조용을 조선 국왕의 상징으로 사용할 수 없는 것으로 전해지는데 고종 때 그렸다는 세종의 할아버지인 태조의 모본이 왜 갑자기 오조룡보로 둔갑했는지 알 수가 없다.

역사적 사실은 사실 그대로 후손들에게 보여주었으면 하는 아쉬움이 남는다. 명 황제는 후대에 칠조용으로 그 권위를 내 새웠고 황 세자에게는 오조용을 상징토록 했으니, 조선에서 세종대왕 이후(1449) 오조용은 별문제가 아니다. 그 후 대한제국이 들어서자 고종은 청나라 황제와 동일한 칠조용을 근정전 천정에 조각하게 하기도 했다.

1876년 조선과 일본 사이에 맺은 소위 강화도조약 제1관에서 '조선국과 일본국은 평등한 관계다'를 접한 고종은 일본이 자기를 황제로 여긴다고 감탄했고, 또 제10관에서는 속인주의에 입각 '조선인이 일본에서 죄를 범할 시 조선국법을 적용한다'는 조항에서는 일본이 공평한 줄 착각했다. 한국과 중국은 아키히토를 일본 국왕이라 칭하지만 일본은 물론 미국도 그를 황제

(Emperor)라 불러준다. 비록 일본이 미합중국을 쌀나라(米國)로 비하하지만, 미국은 조금도 개의치 않는다.

찔레꽃이란 한국 유행가 가사에서 보면, 찔레꽃이란 원래 하얀색 꽃인데 붉은색 꽃이라 노래하며, 남쪽 나라부터 북간도에까지 피었다며 즐겨 불렀다. 붉은색 꽃 하면 가수나 청중에게 진한 몰입감을 유발했을지는 모를 일이다. 아니면 당시에는 식물도감이 부족하여 장미과 낙엽관목을 통틀어 찔레꽃이라 불렀을 수도 있었겠지만. 여하튼 후배들을 위하여서라도 기록은 심사숙고했어야 할 대목이다.

북한에서 유명한 화가는 아이러니하게도 일본에서 서양화를 공부한 이들이 대부분이다. 특히 태조, 순종 등의 어진을 봉사하였으며, 얼마 전까지만 해도 광한루 「춘향 영정」을 그려 전시한, 어용화사 김은호의 제자들이 많다. 북한에서는 일제 잔재를 몰아내고 순혈주의를 최고의 선이라 여기는데 소위 계관인이라 칭하는 그들 대부분의 화풍은 그림이라기보다는 선동 물에 불과하다는 것을 한눈에 알 수 있다.

또 한국은 어떤가, 최근 유관순 열사 표준 영정을 두고 친일 논쟁에 휘말린 장 모 화백의 유작을 지우는데 관계자들은 지금 애를 먹고 있다. 얼마 전 삼성에서 국가에 헌납한다는 세계적 미술

품도 전시해 보아야 허장성세인지 어떤지 그 진면목을 알게 될 것이다. 세상에는 자기가 그린 작품을 보고도 위작이라고 하는 화가도 있는가 하면, 어떤 도굴범들은 이집트 유물이라며 피라미드 주변 흙까지 묻혀 진품 감별을 혼란시킨 바도 있다. 특히 어진과 같은 그림은 비록 모사본이라도 역사적 사실에 근거하여 후대의 귀감이 되도록 잘 그려야 한다.

태조 이성계 오조룡보

국화(國花), 국화 문장(菊花 紋章), 주화(州花), 북해도화(北海道花), 자두꽃(李花), 판원된(潘允端), 위위엔(豫園), 삼조용(三爪龍), 오조용(五爪龍), 갑진년(甲辰年), 임진년(壬辰年), 드래건(Dragon), Bruce Lee(李小龍, 리샤오룽, Lee Siu Loong), 룽(Long, Loong), 미르(Mir), 류(Ryu), 타쓰(Tatsu)

9 소나무와 구상나무

중세 십자군전쟁 시 군인들은 전선에 나가면서 부인을 보호한 다는 명목하에 소위 정조대라는 일종의 자물통을 자기 부인에게 착용케 하고 떠났다. 그때 이를 제작한 동내 장인은 2개의 열쇠를 만들어 하나는 길 떠나는 남편에게 주고 나머지 하나는 몰래 보관했다가 이를 필요로 하는 정인에게 비싼 값을 받고 팔아넘겼다. 정조대 때문에 용변을 제대로 가리지 못하여 여자들의 위생이 엉망이었고, 또 간통과 성병이 만연했다. 한편 주인마님의 간청을 받은 가난한 남자 하인들은 열쇠 살 돈이 없어 스스로 열쇠 만드는 기술을 습득해야만 했다. 그러다 보니 더욱 정교한 자물통의 개발과 이를 여는 열쇠의 기술 경쟁은 권총이라는 실로 놀라운 신무기로까지 발전하여 현존 전쟁 무기의 개발에 크게 기여했다. 그런가 하면 열쇠의 암호화 기술은 오늘날 컴퓨터의 원조가 되기도 했다. 정조대의 출현은 여러 가지 설이 있기는 하나 분명한 사실은 이게 현대과학 발전의 한 단초가 된 것만은 틀림없는 것 같다.

동서고금을 통하여 전쟁의 발발은 참혹한 결과를 초래했지만 과학기술의 발전에 기여했다는 대목에서는 사가들도 이를 동의하고 있다. 전쟁과 질병은 인류문명 발달과 연관성이 깊은데 이는 신만이 평가할 일이다. 로마의 바티칸 박물관에 가보면 건물 입구에 거대한 솔방울 형상의 청동상이 제일 먼저 눈에 띈다. 왜 하필이면 그 흔한 솔방울인가 하는 의구심이 든다. 그러나 의심은 로마 거리를 다녀보면 곧 풀린다. 로마의 상징수가 바로 소나무이기 때문이다. 로마제국은 유사 이래로 전쟁의 소용돌이 속에서 살아왔다. 꽃 피는 봄에 병사들이 전장으로 나가면 돌아올 기약이 없어 꽃이 다시 필 때 고향으로 돌아올지 눈 내리는 겨울일지 도무지 희망 없는 전쟁의 연속이었다.

그래서 로마 황제들은 병사들의 피로한 마음을 조금이나마 달래주기 위해 아예 계절을 타지 않은 늘 푸른 소나무를 가로수로 택한 것이다. 그 마음을 병사들이 아는지 전쟁을 마치고 고향으로 돌아올 때는 사전에 고향 집에 연통을 해두었다. 혹시 오랫동안 집을 비워둔 사이 자기 가족이 바람이라도 피웠으면 미리 대비하라는 일종의 배려였다. 전쟁보다 더 무서운 게 가족 간의 의

심과 불화다. 이럴 때 남자의 지혜가 필요하고 또 사철 변함없는 소나무는 병사들의 마음에 큰 위안이 되었다.

　백두산 북쪽에 위치한 얼다오바이허 마을 부근을 가면 30~40m에 달하는 미인송(赤松)들이 하늘을 찌르며 울창하게 뻗어 숲을 이루고 있다. 한국 신흥종교 연구의 대가인 이강오 교수의 구술에 의하면, 이 적송을 을사늑약 후 조선총독부의 협조로 보천교 차경석 교주가 철로를 이용 전북의 정읍까지 운반하여, 차천자교 교당과 보천교 본소 십일전 건물을 궁궐 규모의 성전으로 꾸미는 데 사용했다 한다. 후에 이 건물을 조선총독부가 헐어 서울 견지동 조계사 대웅전 축조에 사용했다 한다. 보천교는 초기에 불경의 한국화에 크게 기여한 탄허 스님이 공부한 곳으로 알려져 유명하다.

　어느 생태학자는 '선비가 사랑한 나무'라는 글에서 지금까지 남아 있는 소나무를 비롯한 우주목 혹은 세계수는 인류의 정신적 표상이라며 나무는 하늘이 부여한 본성, 즉 천명대로 살기 위해 모든 에너지를 쏟는다고 했다. 나무처럼 본성대로 살아가는 것이 삶의 이치이고, 이 같은 이치가 곧 우주의 원리라는 것이다. 내가 2000년대 초 중국 룽징시에 위치한 '일송정'을 방문한 적이 있었다. 윤해영의 「선구자」 가사 속에 나오는 일송정 푸른 숲을 연상하며 가보았으나 옛날 소나무는 1938년 일제가 조선인의 얼이라며 농약으로 고사시켜 버리고, 1980년대에 누군가 대신 심은 소나무 한 그루가 을씨년스럽게 하이란강을 바라보고 있었다. 그런데 그 후 얼마 지나서 한 번 더 방문했는데 갑자기 건너편 원두막에서 완장 찬 중국 관리가 나타나 입장료를 징수하는 것이다. 한국 사람이 자주 방문하니 중국 정부가 돈벌이 감을 노린 것이다. 그 후 나는 일송정을 간 일이 없다.

우리나라에도 백두산 미인송 못지않게 귀한 희귀 목 구상나무와 주목이 덕유산 정상에 수백 년 동안 자라고 있다. 1997년 제18회 '동계 무주·전주유니버시아드대회'를 유치하기 위한 환경영향평가를 내가 책임 수행한 적이 있었다. 특히 덕유산 향적봉 설천봉 주변에는 수백 년 된 구상나무 주목 등 천연기념물이 여기저기 헤아릴 수 없이 많이 자생한다. 그러나 동계 대회 개최를 위해서는 일부 활강로 주변에는 살아서 천 년 죽어서 천 년 간다는 이들 수목을 이식해야만 했다.

수목의 이동을 위해서는 산림청의 허가가 필요한데, 산림청은 식물전공자의 의견서를 첨부하라는 것이다. 그래서 '한국자연환경보전협회'를 통해서 식물생태 전공 교수를 추천받아 이식 적지가 어디인지 의뢰했다. 그런데 그들 식물학자의 요구대로 하려면, 새로 이전해야 하는 장소는 나무를 옮기는데 작업도로가 없어 새로 개설해야만 했다. 그러려면 거기에 서식하는 또 다른 수목을 이식하거나 별도의 조처를 해야 하는데 방법이 없다고 내가 말하자, 식물전공자는 말하길, 우리는 장소만 정해줄 뿐 방법까지는 본인들도 모른다는 것이다. 참으로 난감했다. 그렇다고 국제대회를 파기할 수 없는 것이 정부 입장 이어서 할 수 없이 피해를 최소화하는 선에서 평가를 마무리했다.

1936년 제11회 하계 베를린 올림픽대회에서 마라톤 금메달의 영예를 안고 히틀러로부터 부상으로 직접 받아, 구 양정고 손기정체육공원에 심었다는, 지중해 월계수 대신 사용한 유럽원산 '로부르 참나무'도, 사실은 독일산을 대체한 미국원산 '대왕 참나무'라고 주장하는 식물생태 학자도 있다. 일제 강점기에 독일에서 받은 참나무가 미국산으로 둔갑한 이면에는 그럴만한 사정이 있었다는 이야기도 전해진다. 이는 성찰과 기록은 소홀히 하고 거대담론만 앞세우다 막상 각론에 가면 엉뚱한 일에 몰두하는 우리의 의식구조에도 문제가 있다.

수백 년 자생한 구상나무와 주목의 처분을 놓고 당시 여론은 두 갈래였다. 하나는 죽을 나무를 그대로 두는 것은 그곳 산의 정서에 맞지 않으니 아예 제거해 버리자는 측과 또 한편에서는 죽어도 천 년 간다 했으니 죽은 채로 두어도 1000년 가는지 두고 보자는 의견이다. 결론은 현재는 살아 있으니 베어버리기보다는 일단 주변에 이식하여 살려 두자는 쪽이 우세였다.

한편에서는 죽은 구상나무는 자연 보호 교육 차원에서라도 그대로 두어보자는 의견도 있었다. 그러나 결국 대부분의 이식된 나무들은 죽었다. 그래도 다행인 것은 산 아래 수백 년 묵은 적송

은 이식에 성공해서 지금도 살아 있는 것을 보노라면 천만다행
이란 생각도 든다. 지금도 덕유산 설천봉에 가보면 상부 휴게소
시설 한가운데 고사한 구상나무 한 그루가 을씨년스럽게 홀로
버티고 서 있다. 그곳에 갈 때마다 죽은 구상나무가 나를 빤히 쳐
다보고 있어서 지금도 가슴 아프다. 특히 겨울이 다가오면 설천
봉, 향적봉 주위에 수백 년을 살아온 구상나무와 주목은 물론 고
사목에 상고대가 피어 있어 그 아름다움이 일품이어서 더욱 마
음이 무거워진다.

죽은 구상나무

10 문화 흑역사와 조선도공

문화재청의 자료에 의하면 2024년 현재 우리 땅을 떠나 있는 우리 문화유산은 24만 점 이상이며 그중 일본이 10만여 점으로 전체의 45%에 달하고 있고, 미국, 독일, 중국, 영국, 프랑스 등이 뒤를 이었다고 한다. 문화유산이 한국 땅을 떠난 이유는 서구열강의 침탈, 일제 강점기 등 역사적 혼란을 겪으며 부당한 방법으로 유출된 사례가 많다.

언젠가 내가 국립 중앙 박물관 전시실을 둘러보다가 우연히 중국 '요우커'들의 뒤를 따라가게 되었는데, 중국 관광 안내원의 설명을 자세히 듣고 깜짝 놀라고 말았다. 지금은 국립 부여 박물관에서 전시하고 있는, 우리의 국보 제287호인 '백제 금동대향로'

가 백제 시대 왕실이 중국에서 들여온 거란다. 한국이 소장하고 있는 고미술품 들은 가품이 많으며 대부분의 진품 들은 일본인 들이 보유하고 있고, 심지어 고구려 무용총 벽화도 자기네 유산 이란다. 우리도 반성해야 할 대목이긴 하지만, 평소 외국인들이 얼마나 우리 문화를 얕잡아 봤으면 하찮은 관광안내자까지 선입 견을 갖고 있을까 생각하니 참으로 한심스럽다.

노래방에 가보면 흔히들 '내 노래 18번'이라며, 평소 잘 부르는 옛 노래 한 곡씩은 숨겨놓고 있다가 마지막 카드로 내놓는다. 18 번이란 일본 「가부키」 공연 시, 장이 바뀔 때마다 하는 막간극 공 연으로, '가부키 교겐 십팔 기예'를 뜻하는 일종의 하이라이트 모 음 극이다. 이런 내용을 아는지 모르지만 '내 노래 18번'이란 우 리나라 유행가 히트곡도 있다.

어느 날 공중파 방송에서, 한 비구니께서 수행하시다 지루했던 지, 한국가요 「황성 옛터」를 염불 대신 흥얼거리며 산책하는 장면 을 시청한 바 있다. 아마도 폐허가 된 옛 고려 왕궁터인 개성 만월 대를 회상하는 듯했다. 박정희 전 대통령도 즐겨 불렀다는 이 노 래는 1900년대 초 일본의 시인 '도이 반스이'가 오사카의 폐허를 바라보며 읊었던 「황성의 달(荒城之月)」이란 일본 민요를 한국인이 달이란 주체를 자신으로 하여 오마주한 느낌이 강하다.

물론 스님의 경우는 국경을 초월하겠지만, 더욱 한심한 것은 언젠가 세종문화 회관에서 정부가 주최한 8.15 광복절 뒤풀이 마당에서도 「황성 옛터」가 장엄하게 울려 퍼졌다. 아연실색하지 않을 수 없었다. 다음 행사 때에는 노래 선정에 좀 더 신경 썼으면 좋겠다. 어떤 비평가는 이 노랫말 속에는 일제에 대한 비밀코드가 숨어 있고 저항정신이 포함되어 있다 하는데 나는 동의할 수가 없다.

세계 문화란 세월이 가면서 서로 섞이기 마련이다. 비근한 예로 대문호 셰익스피어의 나라 영국의 국가도 도입부 팡파르에 러시아의 차이콥스키 교향곡 선율이 흐르는데 영국인 아무도 상관하지 않는다. 일본이나 우리나라 유행가 멜로디 원류는 대부분 서양이지만, 그래도 왠지 왜색에는 거부감이 먼저 드는 게 문화 흑역사를 기억하는 우리의 정서다.

내가 한국전쟁 때 어른들을 따라 무심코 불렀던 「혈서지원 국군가」도 실은 일본 군가를 그대로 개사한 것임을 어른이 되어서야 알고 몹시 부끄러워했다. 어느 충성스러운 한국 장군이 즐겨 불렀다던 「양양가」에는 "이씨 조선 500년"이란 구절이 나오는데 이는 조선이 정당한 나라가 아니고 이 씨의 나라란 것을 강조하여, 일본인들이 조선 인민을 해방시킨다는 구실을 찾기 위해 사

용한, 우리나라 역사 왜곡의 한 대목이다. 한국전란 통에 부자가
된 일본이 과거를 반성하기는커녕 오늘날 우리나라가 G7에 참
여하는 것까지 방해를 서슴지 않고 있다.

조선 시대 김정희는 추사체의 창시자로 우리에게 익숙한 분이
다. 그런데 경성제국대 교수를 지낸 일본인 '후지즈카 치카시'의
추사체 연구가 없었다면 김정희는, 당시 전주지방에서 서예 활
동을 하셨으나 관직이 없어 이름이 잘 알려지지 않았던, 행운유
수체의 달인 창암 이삼만 명필이나 별반 다를 게 없었다. 일본인
후지즈카 가문이 소장했던 「세한도」를 돌려받느라 소전 손재향
선생은 100일간이나 공을 들였으며, 일본이 수집한 추사의 유작
만 해도 1만여 점이나 된다. 그동안 우리는 무얼 했는지, 간송 미
술관이나 호암 미술관에는 우리 유산을 얼마나 소장하고 있는지
의문이다. 우리 것의 가치를 간과하다가 일본인 교수가 연구한
후에야 부랴부랴 추사체의 실체를 확인했으나 이미 때를 놓치고
말았다.

고려청자가 처음 등장했을 때에는 별로 인기가 없었으나, 고려
와 거란 사이를 염탐코저 고려를 탐방한 중국 송나라 간자 쉬징
이 저술한 『고려도경』에서 고려청자를 비취색 같다며 칭송하자
그때서야 부랴부랴 호사가들이 구입하느라 열을 올렸다. 조선

백자는 선비들이 선호해 조정 산하 기관으로 '사옹원'을 두고 도자기 제작에 공을 들였다. 그런데 생산한 제품이 마음에 안 들면 도공들이 스스로 만든 작품을 깨버렸다고 전해지고 있다. 어림없는 이야기다.

과문하지만 나는 고려 조선 시대를 통틀어 유명하다는 도공의 이름을 들은 바가 없다. 화공은 그래도 자기 이름을 남기는데, 분명 뛰어난 명인이 있었을 터인데도 도공은 이름을 남기지 못했다. 당시의 도공들은 천한 신분의 노동자에 불과해 극히 일부를 제외하고는 무슨 작가 정신이 있으며, 또 왜 노동의 산물을 그리 쉽게 없애 버리겠는가…. 일설에 의하면 신라 고려 시대에는 노비의 숫자가 인구의 10% 정도인 반면, 조선 시대에는 40%에 달했다 한다. 한 예로 성리학의 대가 퇴계 이황 선생도 노비를 300여 명이나 두었다 한다.

힘들여 명품 도자기를 만들어 오면 제작자인 도공이 아니고 사옹원 관리들이 일부러 깨버린다. 그러지 않으면 왕실이나 고관들이 똑같은 작품을 또 만들어 내라고 성화여서 잘못하다가는 목이 날아갈 수도 있기 때문이다. 아무리 뛰어난 도공들에게도 명품이란 어쩌다 한 점씩 나오지 재현이란 거의 불가능에 가까운 작업이다.

일본에 가면 지금도 일본 도자기의 대명사인 '사쓰마야키'가 있다, 이는 400여 년 전 정유재란 때 남원 성 싸움에서 일본에 끌려간 심당길이란 조선 도공의 후예가 이룬 것으로 알려져 있는데, 그가 만일 조선에서 살아남았더라면 남원의 한 촌락에서 마냥 가난하고 이름 없는 늙은이에 불과했을 것이다.

요우커(遊客), 가부키 교겐(歌舞伎 狂言), 황성 옛터(荒城의跡), 도이 반스이(土井晚翠), 후지즈카 치카시(藤塚隣), 쉬징(徐兢)『고려도경(宣和奉使高麗圖經)』, 사쓰마야키(沈壽官家)

11 옥스퍼드대 명예교수가 '후쿠시마 원전 처리수 1리터를 마시면'

2023년 5월 세계적인 방사선분야 석학이며 『공포가 과학을 집어 삼켰다(Radiation and Reason)』의 저자인 웨이드 앨리슨(Wade Allison) 영국 옥스퍼드대 명예교수는 서울의 한 모임에서 '후쿠시마 오염처리수'를 1리터 이상 마실 용의가 있다고 뜬금없이 말했다. 그러나 그의 주장대로 처리수라고 해서 정말로 이 물을 마시면 방사능 피폭 대신 배탈이 나서 죽을 수도 있다. 만일 나더러 마시라고 하면 단연코 '노'라고 말할 것이다. 그 이유는 방사능 핵종인 세슘, 스트론튬, 트리튬 만이 문제가 아니고 '수처리 공정'에 의문이 있어서다. 짐작건대 저장된 오염수에는 방사능 물질 말고도, 냉각수, 지하수, 해수, 유기물, 유분, 병원균, 생활용수, 세척수 등 다양한 물질이 포함되어 있을 수 있다. 따라서 그가 주장하는 문제의 방사능 농도에만 국한해서는 과학적이기는 하나, 막연히 처리수 1리터를 마실 수 있다는 언급은 긁어 부스럼이다. 한국의 어떤 저명한 인사는 말하길, 후쿠시마 처리수가 그리도 마실 만하다면 수돗물에 섞어서 먹어보라며 야유까지 한다. 이것 또한 본질을 벗어난 억하심사로 유치한 언어유희에 불과하다.

세계보건기구에서는 먹는 물의 수질기준을 목표수질과 표준수질로 구분하며 표준수질도 국제기준과 유럽기준이 따로 있고, 또 각 나라마다 그곳 실정에 맞는 법률이 정해진다. 즉, 음용수 수질기준이란, 수원의 출처, 경제사정, 기술보유, 문화수준 등에 따라 달라질 수 있어 일종의 가이드라인에 불과하고, 구체적인 수치는 과학의 범주를 넘는 경우도 허다하다. 최근 보도에 의하면 우리나라 서해안에서 생산한 천일염 가격이 후쿠시마 해류가 도달하기 전 사재기하려고 폭등이란다. 지금 전 세계 해안은 육지에서 몰려든 쓰레기로 몸살이다. 일본의 고급요리에는 정제된 광염을 선호하는데, 이는 바닷물에는 오염된 플랑크톤이 잔류해서란다. 반면 파키스탄에서는 한국 서해안에서 생산된 '스낵김'이 핵종의 일종이기도 한 '요오드'가 풍부하다 해서, 그곳 약국에서 영양제처럼 팔리는데, 요즈음 품절이라니 참으로 아이러니하다. 지금은 괴담만이 난무하고, 일본국민의 60%가 해상 방류에 찬성하는 반면 한국민의 84%가 반대하는 형국에서 과학을 아무리 디밀어봤자 지금은 동문서답만 난무한다.

오염수의 처리와 처분

오염수의 정의는 '더러운 물 또는 방사성 물질이 머무르는 상태의 물'이라 말할 수 있다. 반면 처리수란, 천연수에 대응하는 소정의 수처리를 한 물로 오염물의 농도가 감소된 물을 말함인데, 오염수 처리 공법은, 일반적으로 전처리, 1차처리, 2차처리, 고도처리 및 염소소독 등으로 5단계를 모두 거치거나 그중 선별적으로 필요한 과정을 가감해야 한다. 후쿠시마 방류수는 알프스(ALPS)를 겨우 통과하여 전처리 단계를 거친 물로 엄밀히 말하여 처리수라 부르기에는 아주 미흡하다. 또, 알프스 여과공정도 오염수의 총 고형물질 농도의 시간 경과에 따라 현격한 차이가 있을 수 있어 그 효율도 다소 의문시된다. 오염수는 앞서 설명한 처리와 처분으로 최종 관리하는데, 처분방법은 가열증발, 심층 지하 매립, 콘크리트 혼합 등이 있지만 이는 비용과다 뿐만 아니라 현재는 검증 또한 불가능하다.

지금 우리가 후쿠시마의 방사능 핵종 유출에만 몰두하다 간 잘못하면 닭 쫓던 개 지붕 쳐다보기식이 될 수도 있다. 일본이 어떤 나라 인가…. 일본은 과학분야 에서만 노벨상을 25명이나 배출한 나라이면서, 또한 유사 이래 세계에서 가장 끔찍한 원폭 피해를 경험한 나라다. 따라서 일본의 '후쿠시마'는 중국의 '우한'이나 이란의 '나탄즈'와는 다르다. 국제관계는 냉혹하다. 중국의 황사를 우리나라가 지적하자 이는 자국 때문이 아니라 몽골을 지목한다. 참으로 염치를 모르는 민족이다. 국제원자력기구(IAEA)는 후쿠시마에 저장된 오염수를 바다에 방류하려는 일본의 계획이 IAEA 안전기준에 부합하다는 결론을 내렸다. 북한 핵을 머리에 이고 사는 우리로서는 국제기구의 결과를 우선 존중해야 하며, 피폭 주장에 앞서 극도로 신중을 기해야지 영향력 있는 국제기구를 애써 적으로 만들어서는 안 된다. 거기에 우리나라도 이미 1957년 IAEA에 정식 가입한 바 있다.

한국 한빛원전 방사능 누출과 기형가축

1990년대에 일어난 일이다. 한국의 '영광 원자력발전소(한빛원전)'가 위치한 행정구역은 전남 영광군이다. 당연히 발전소가 위치한 영광군은 원전 측으로부터 많은 혜택을 받고 있었다. 간단한 예로 당시 전남 영광군 쪽의 도로는 아스팔트 도로인데, 영광군 경계를 넘어서 이웃인 전북 고창군 경계에 다다르면 여지없이 아스팔트 길이 끊어지고 그만 자갈길로 변하고 말았다. 그러니 영광군과 맞닿아 있는 전북의 고창군은 화가 날 법도 했다. 그런 일련의 상황에 불만을 품은 고창군 지역 어민 일부가 어디서 구했는지 모르겠지만, 기형적인 개와 소 등을 몰래 들여와 영광

원자력에서 누출된 방사능 물질 때문에 마을에 기형 동물이 태어났다며 기자회견을 자청하자 언론에서는 대서특필하였다. 실로 기상천외한 발상이었다.

필자는 방사능이나 원자력 발전에는 비전문가이지만, 환경공학을 전공하는 입장에서 양쪽의 요청으로 이의 중재에 참여했다. 당시 문제의 쟁점 중 하나는 독극 물질이었다. 어민 측의 주장은 이랬다. 한빛원전에서 극 독물인 염소를 원전 복수기 냉각수에 포함 배출시키고 있어 인근 해역에서 물고기가 잡히지 않을뿐더러, 특히 김 양식도 되지 않는다는 것이었다. 반면 원전 측의 입장은, 극 독물인 염소는 해수 냉각수 유입 통관에 서식하고 있는 따개비 등의 갑각류를 없애기 위하여 사용하는데, 염소는 바닷물에도 포함되어 있는 물질로 독성이 없다는 것이었다. 한빛원전에서 주장하는 염소 물질은 바닷물과 그 성질이 전혀 다르다. 다만 원전에서 사용하는 염소 물질은 일반 상수도에서도 사용하는 것으로 잔류 염소량만 소량 검출된다면 별문제가 없어 어민들이 주장하는 것처럼 피해가 있다고 볼 수는 없다. 더구나 어민들이 해태 양식장에서 소독용으로 몰래 사용하는 공업용 염산도 사실 일종의 염소 물질이어서 이는 협상의 대상이 될 수 없었다. 역으로 말하면 어민 스스로 독약을 해안에 살포하는 주범인 셈이다.

문제는 복수기 냉각수

고창 해안에서 김 양식이 잘 안 되는 이유는 염소 때문이 아니라, 원전에서 나온 온배수에 의한 안개 일수의 증가로 일조량이 부족하기 때문이다. 고창 해안가 일대는 방사능이 아닌 원전 냉각수에 의한 온배수가 문제일 것이라는 내 생각을 전해주며, 비과학적 근거로는 도움을 줄 수 없으니 즉시 기형 가축 등을 없애줄 것을 요구했다. 필자는 사실 지금까지도 기형 가축에 대하여는 어민들이 함구를 하고 있어 출처를 잘 모른다. 따라서 협상의 진전을 위해서 쟁점을 독극 물질에서 온배수로 옮겨갈 것을 제안했다.

온배수에 의한 피해란, 바닥 세굴로 인한 산란장소 파괴, 열에 의한 치어 손상, 안개일수 증가 등등 일일이 열거할 수 없을 정도다. 한빛원전은 복수기 냉각용 해수를 원전 남쪽인 영광에서 끌어다가 6~8℃ 증가한 온수를 북쪽인 고창 해역으로 내보낸다. 이때 수괴현상으로 발생하는 단회류가 폭넓게 뻗어 연안 해역이 큰 피해를 입는다. 그러다 보니 보상을 받지 않은 원전 북쪽에 위치한 고창 해역의 피해가 훨씬 심했다. 그래서 결론은 원전 측이 수백억 원의 피해 보상을 어민들에게 해주는 조건으로 분쟁을 일단 마무리 지을 수 있었다. 문제의 핵심은 방사능이나 독극물이 아니고 온배수였다는 점을 여기서 강조하고 싶다.

아스완, 산샤 그리고 체르노빌의 가르침

갑자기 30여 년 전 영광 원전 온배수 이야기를 자세하게 떠올리는 이유는, 전문성이 부족한 주변 어민들이 원전 하면 바로 방사능 공포를 떠올리는 심리를 일반 주민들이나 전 국민들에게 주지하는데 약발이 들기 때문이다. 원전의 방사능 소문을 팔아서 기형 가축이 생겼다고 성토만 했다면 지루한 투쟁으로 이어질 뿐 고창 어민들은 실익을 얻지 못한다. 과학이라야 싸움에서 이길 수 있음을 웅변으로 증명해 주는 한 실화다. 일본의 경우도 마찬가지다. 만일 후쿠시마 핵종이 이웃 나라까지 위협한다면 그에 앞서 일본 열도는 쑥대밭이 되고도 남는다. 그냥 놔두면 일본인 스스로 자중지란이 일어날 것은 불보다 뻔하다. 우리나라가 일본의 핵종에만 몰두하는 동안, 중국 동해안은 비밀로 일관하는 핵발전소 밀집지역임을 더욱 명심해야 한다.

1960년대에 소련의 원조로 이집트 나일강에 아스완하이댐을 건설하자 역사가들은 역내 습도가 높아져 피라미드가 사라지고 지중해 연안국은 대재앙이 올 것이라 했지만, 이집트는 지금도 관광객이 넘쳐나고, 지중해는 아직도 멀쩡하며, 다만 재앙 대신 예기치 못했던 보트피플로 몸살이다. 중국이 싼샤댐을 건설하자 일본은 댐수의 인위적 방출로 자국 어업이 망한다고 걱정했다. 창장 주변은 댐 건설 후 한때 쥐 떼들이 출몰하여 야단법석이자

충칭 사람들은 타이산이 무너질 전조라고 놀랐다. 그러나 이는 댐 수위가 높아지자 쥐구멍이 물로 막혀 쥐와 구렁이들의 대탈출이 원인이었다. 오늘도 양쯔장은 유유히 흐르고 있고, 규슈 연안은 안녕하다. 그뿐인가, 1986년 4월 26일 구소련의 우크라이나 체르노빌 원자력 발전 사고가 나자 서유럽까지 공포에 떨었으나 기우에 그쳤다. 또 2011년 3월 11일 일본 도호쿠 대지진 때 당시 방류된 후쿠시마 원전 핵종은 그 후 어디서 떠돌고 있는지 아무도 궁금해하지 않는다. 지구는 인간이 염려하는 것처럼 그렇게 약하지 않다. 우리나라 농촌은 농약의 과도한 살포로 꿀벌은 물론 야생 벌까지 귀해져 양봉과 과수원의 피해가 극심하다고 농민들이 아무리 외쳐도 시민들은 먼 산 불구경이다. 그런데 이웃 나라의 일은 왜 그리 관심이 많은지 모르겠다.

19세기 영국의 런던 소호 지역에 콜레라가 창궐했는데 유독 그 지역의 한 맥주공장 주변만 환자가 없자 맥주가 특효약이라고 소문이 나 불티나게 팔렸다. 그러자 이를 의아하게 여긴 영국 요크 출신 의사 '존 스노우'가 런던시청 토목기사와 함께 템스강 일대의 상하수도 시설을 전수 조사하여, 콜레라가 수인성 전염병이라는 사실을 처음 밝혀내, 오늘날의 상수도 염소소독을 세계 최초로 시행했다. 물론 맥주공장은 특정 지역 심층 지하수를 사용했기 때문에 그 수원이 달라 이 지역만 콜레라 환자가 없었을 뿐이었다.

맥주를 마신다고 수인성 전염병을 예방하거나 물리칠 수 없는 것이 과학이다. 사실 웨이드 엘리슨이 말하고 저 한 본말은 후쿠시마 원전에서 제거한 수준의 핵종만을 고려한 것인데, 주변에서 이를 과대 포장하여 오염수를 마시겠다는 뜻으로 유도한 것 같다.

자연과학과 기술의 혼동

현재 일본 주변국은 후쿠시마 오염수 해양 방류를 두고 비과학적 논리에 의존, 큰 목소리만 판을 치고 있어 염려스럽다. 우리나라가 자칫 잘못 판단하면 이는 자충수가 될 수도 있다, 필자가 30여 년 전 한국에너지정보문화재단의 주선으로 일본 원자력발전소의 환경 관리 시설을 둘러본 경험이 있다. 내가 방문한 일본의 원자력발전소 시설은 우리나라보다 잘 관리되고 있어서 우리도 본받을 점이 많아 보여 부러웠던 기억이 지금도 생생하다. 그리고 해양 방출은 어디까지나 일본 자국의 문제임을 강조하고 싶다. 나는 개인적으로는 일제 강점기에 태어나서 그런지 태생적으로 일본의 입장을 두둔할 생각은 추호도 없다. 다만 현대 과학의 가치를 더 높이 평가하고 싶을 뿐이다.

웨이드 엘리슨 옥스퍼드대 명예교수는 그의 저서에서 말하길, 최근의 코로나바이러스는 공포가 아닌 세계적인 과학 협업만이 이를 치료할 수 있다. 우리는 동물처럼 겁먹었을 때 그냥 도망가지 않고, 자연과 세상이 어떻게 돌아가는지 연구하고 이해했다.

그러나 이 지식은 전문지식이 아니라 기본적인 상식으로 사회의 중요한 부분과 공유되어야 한다. 불행히도 지난 70여 년 동안 세계는 자연과학의 상당 부분을 터부시하여, 세상을 해치는 공포증에 휘둘리게 하였다. 자연과학은 결코 기술과 혼동되어서는 안 된다. 그는 또 한국의 정치 선동가에게도 일침을 가하길, '과학을 좀 배우길 바란다'고 주문했다.

* 윗글은 국제저널 『Nov 2023 Intersciencia Journal(ISSN:78-1844)』에 게재된 필자의 원문 중 일부를 국역한 내용이다. (출처: https://doi.org/10.59671/3B8cW)

과학을 좀 배우길 바란다(Recommended treatment? learn a little science by Wade Allison), 알프스(ALPS, Advanced Liquid Processing System), 국제원자력기구(IAEA), 상징수(上澄水), 청수(淸水), 오염수(汚染水, Polluted water), 폐수(廢水, Waste water), 汚水/방류수(Effluent), 온배수(溫排水), 전처리(前處理, Screening), 1차처리(무기물 침강), 2차처리(유기물의 생물학적 처리), 고도처리(질소와 인물질 제거), 처리(處理, Treatment), 처분(處分, Disposal), 목표수질(Goal), 표준수질(Standards), 총 고형물질 농도(TS, Total Solids), 단회류(短回流), 수괴현상(水塊現狀), 환경부 먹는물수질기준(규칙제2조): 세시움(Cs-137) 4.0Bq/L, 스트론튬(Sr-90) 3.0Bq/L, 삼중수소(염지하수) 6.0Bq/L 이하(WHO 10,000Bq/L 이하) 핵폐수 중 수소원자의 동위원소(1H/P, 2H/D, 3H/Tritium) 중 하나인 삼중수소는 방사능 물질로 방사선과 에너지 방출후 헬륨(He)원소로 변한다. 이때 방사선이 인간의 몸에 닿으면 방사선 에너지 때문에 몸을 구성하는 분자가 파괴된다.

12 원전 배출수의 관리는 한국만 총리실 산하 '한국원자력안전위원회'

-중국은 환경생태부 일본은 환경부-

현재 일본 주변국은 후쿠시마 오염수 해양 방류를 두고 비과학적 논리에 의존, 큰 목소리만 판을 치고 있어 염려스럽다. 우리나라가 자칫 잘못 판단하면 이는 자충수가 될 수도 있다. 1993년 러시아 해군이 방사능 폐기물을 동해상에 투기했을 때 일본은 극렬히 반대했다. 그러나 지금은 그 반대다. 따라서 방류수 문제는 과학으로 해결해야지 여론으로 압도해서는 안 된다.

최근 해양학자들의 발표에 의하면 방사능 물질이 국내해역에 끼칠 영향은 현재의 십만분의 일 정도라는데, 왜 이런 모의는 하는지 이해가 가지 않는다. 국내외 전문기관의 시뮬레이션 결과, 후쿠시마 해수가 한반도에 도달하기까지는 4, 5년 혹은 몇 개월로 조사

기관마다 해석이 다른데, 이런 수치해석은 하나 마나다. 마치 좀비 마약 펜타닐이 서울의 한 하수도에서 검출되었다고 태평양 건너 미국까지 경로를 추적하는 바보가 어디 있는가…. 가설은 재현성이 담보 되고 참인 명제가 될 때까지는 유보해야 과학이다.

한국의 먹는 물 수질기준에서 삼중수소는 6.0Bq/L 이하로 규정하고 있는 반면, WHO의 기준은 1만Bq/L로, 기준 자체에 3천 배 이상 차이가 있어 이런 기준은 터무니없는 숫자 놀음에 불과하다. 그런가 하면 일본은 해수로 희석된 방류수 기준은 1,500Bq/L이고, 연안의 삼중수소 측정치는 43~63 정도라 한다. 또 2차 방류수 측정결과는 이상치 700Bq보다도 훨씬 낮은 6.9~7.0이라 했다. 정부 발표가 모두 앞뒤가 맞지 않다. 이는 마치 아랫돌 빼서 윗돌 괴는 '폰지게임'을 보는 것 같다. 또 국제기준이란 먹는 물이 대상인데, 이를 일본 도호쿠 해역의 노출된 바닷물 측정치와 비교함은 어불성설이다. 일본 정부는 자국의 방류수질이 국제기준에 적합하다고 주장하고 있으며, 이에 한국 정부도 동의한다. 그런데 문제는 방류수에 관한 국제기준은 세계 어디에도 찾을 수 없다.

내 명색이 반평생을 수질관리만을 전공했으나 버리는 물을 마시는 물에 비교함은 들은 바가 없다. 처리수와 음용수는 차원이

다르다. 거기에 방사능 오염수는 그저 나쁜 물이고, 핵폐수 하면 지독히 나쁜 물로 인식하는데, 이 둘은 같은 의미이면서 사실은 규제법률도 없는 허구에 불과하다. 각국은 공장의 폐수 수질기준을 방류 수역의 형편에 따라 따로 정한다. 또 염색을 하면서 버리는 오물을 염색처리 오염수라고 할 수도 있지만 염색폐수(Textile wastewater)가 법률용어다. 거기에 염색폐수 관리 전문가는 섬유기술자나 염색공이 아니고 수처리 기술자다.

전세계적으로 원자력 발전시설의 건설과 오염수의 관리 분야는 토목공학이나 환경공학이지, 방사능분야는 그 일부에만 해당한다. 방사능 배출 기준치는 나라별로 현격한 차이가 있는데, 우리나라는 '먹는 물 수질기준'에 방사능 물질(세슘, 스트론튬, 삼중수소)은 환경부가 별도로 규제하고 있다. 따라서 후쿠시마 오염수 관할은 현행 총리실 산하 '한국원자력안전위원회' 주관에서 '환경부'로 이관해야 마땅하다. 참고로 일본은 원자력 방사능 규제를 환경성 외청인 '원자력규제청'에서 총괄하고 있다. 그리고, 중국 정부(생태환경부)가 IAEA의 역할은 오염수 배출과 무관하다고 발표한 점도 우리는 주목해야 한다. 우리나라는 이미 1957년 IAEA에 정식 가입한 바 있다.

우리가 마시는 음용수의 방사능 수질기준을 정함은 자연계에 흔히 방사능 물질이 존재하기 때문이지만, 배수의 방사능 배출에 관한 기준이 따로 없는 것은 원자력발전소는 기본적으로 방사능이 배출되지 않은 구조로 시설되었기 때문이다. 예컨대, 우리나라를 포함한 각국은 축산폐수 배출 규제가 법률에 별도로 정해져 있지만, 몽골에서는 방목을 하는 관계로 말똥이나 소똥은 '소똥구리'가 처분을 하기도하고 주민들이 수거하여 연료로 사용하므로 축산폐수란 아예 법률에 없다. 원자력발전소도 마찬가지다. 원전에서는 복수기를 통과하는 냉각수 이외는 별도로 폐기물로 저장관리 하므로 배출수 기준을 따로 두지 않는다. 따라서 핵폐수나 핵오염수란 용어는 어느 나라에도 명문 규정이 있을 수 없다. 사실 후쿠시마의 경우는 자연재해 사고 후 인근에 저장된 오염수를 배수하는 특수한 경우에 해당된다. 또 한국, 중국 및 러시아 등에서는 후쿠시마 오염수 관리에 관한 조사나 측정을 직접 참여해야 한다고 주장하나, 타국이 어떤 해코지를 할지 모르는 입장에서 일본이 이를 쉽게 받아들일지 의문이다.

원자력 사고수의 용어를 일본은 처리수, 한국은 오염수, 한국의 수협은 후쿠시마 처리수, 한국 언론은 오염수 처리수, 그리고 정부 일각에서는 '알프스를 거쳐서 처리된 오염수 또는 과학적으로 처리된 오염수'라는 긴 이름을 사용코저 한다. 나 같은 환경공학도의 입장에서 말한다면, 정답은 놔두고 전문용어를 비전문인들이 아전인수 격으로 아무렇게나 사용함이 문제다. 또 '처리수'란 용어는 한국과 일본에서 주로 사용하는데, 고도 처리수처럼 합성어로 표기해야지, 단독으로 사용하는 경우는 의미 전달이 애매하다. 참고로 중국은 '징화수' 라 표기한다. 후쿠시마에 저장된 원자력발전배수 중 문제가 되는 수소원자의 동위원소 중 하나인 삼중수소(3H/Tritium)는 방사능 물질로, 방사선과 에너지를 방출 후 헬륨으로 변한다. 이때 상당량의 방사선이 인간의 몸에 닿으면 몸을 구성하는 분자가 파괴된다.

1960년대 한국의 '구로공단'보다 반세기 전인 1917년 미국 야광시계 공장에서 일하던 십 대 소녀 직공들이 발광도료인 '라듐'에 피폭되어 시나브로 죽어 나갔다. 심지어 공장주들은 노동력을 극대화시키기 위해 미용에 좋다고 선전까지 해대자, 아무것도 모르는 소녀들은 얼굴 마사지는 물론 립스틱 대용으로 마구마구 사용하였다. 라듐은 1898년 프랑스 퀴리 부인이 발견한 방사성 물질로 처음에는 만병통치약이라 불렸으나, 50여 명의 '라듐 걸스'를 탄생시킨 인류 최초의 방사능 참사를 초래했다. 그러다 보니 방사능 하면 바로 죽음으로 일반인들에게 각인되어, 지구를 공포의 도가니로 몰아넣고 있다. 그러나 과학의 발달은 진보하고 있고, 우리는 과거의 나쁜 기억을 지금의 발전되고 또 새로운 이익으로 검증되어야만 한다. 방사능 사고에 대처하기 위해서는 오로지 과거에만 연연해서는 우리의 미래는 더욱 더 암담해질 뿐이다. 새로운 지식에 기반한 사고의 전환이 요구되는 시점이다.

고대 중국 진나라의 승상 이사가 주장한 탄압책으로 실용서적을 제외한 모든 사상 서적을 불태우고 유학자를 생매장한 일을 분서갱유라 한다. 그러나 기원전 8세기부터 이어져 온 백가쟁명의 전통은 이에 항거하여 온 나라가 혼란에 빠져들었다. 할 수 없이 조정에서는 아테네의 아고라처럼 학자들이 모여 자유롭게 토론할 수 있게 특정 장소를 허용해 두었다. 그러자 해방감을 느낀 천하의 현자들이 모여들어 자유롭게 각자의 학식을 뽐내게 되었다. 그러던 중 어느 날 이곳을 지나가던 한 거사가 대중에게 "해는 중천에 떠 있을 때와 석양에 질 때 중 어느 때가 더 머냐."라는 질문을 던졌다.

이를 듣고 작심한 듯 '안다생이'란 별명의 한 서생이 주장하기를 당연히 중천에 있을 때라며, 그 증거로 화롯불을 들고 와 사람들의 코앞에 한 번 들이대고 난 후 다시 몇 발 뒤로 물러나 으스대면서 말하기를 언제가 더 뜨겁냐, 하면서 지는 해가 더 멀다고 힘주어 말했다. 이를 못 마땅히 여긴 이웃 '논두렁 똑똑이'가 나서더니 부엌에서 큰 쟁반을 들고나와 대중 앞에 내보이며 쟁반이 멀리 떨어져 있을 때보다 가까이 있을 때가 더 크게 보이니 당연 중천에 떠 있는 해가 더 멀리 있다고 반박했다. 빛의 산란에 관한 과학적 지식이 부족한 그들 눈에는 같은 해를 보고도 크기를 달리 재단하려 했던 것이다. 팩트는 과학적 사고가 기초해야 진실이 드러난다. 그러나 비과학적 주장은 동서고금을 막론하고 당시는 그럴 싸 해 보여도 사실이 밝혀지면 종래는 무너지기 마련이고 허구란 새로운 단어로 메워진다.

왜 우리는 지금 10여 년 전 일본의 방사능 유출이 주변국의 수산업으로 불똥이 옮겨가야 하는지 난감한 현실이 되어 버렸다. 작금의 방사능 피해에 관해서는 전 세계적으로도 이에 관한 연구실적이 부족하고 또 과도하게 해석된 점도 있다. 사실 방사능 피폭은 1945년 미국의 로스앨러모스에서 비밀리에 실행한 '맨해튼 프로젝트' 이래 수수께끼에 속한다. 따라서 우리는 당분간 일본의 행동을 예의주시하며 바라볼 필요가 있다. 1951년 미국은 태평양의 산호초 군도에서, 프랑스는 1966년에 남태평양 폴리네시아에서 몰래 핵실험을 실시했다. 그러니 서구열강은 지은 죄가 있어 차마 지금의 후쿠시마 방사능을 문제 삼을 수 없다.

힘 있는 선진 열강이 인간이 통제할 수 있는 능력을 벗어난 세계적인 기후위기설을 주장, 기후 변화로 빙하가 녹는다고 엄포를 놓으면서 지구를 구한다는 미명하에 탄소 중립실현을 역설하며, 후진국을 호령하고 그들만의 호강을 지속하려 하는 지금, 우리나라는 모처럼 반만년 역사상 최고의 호황을 눈앞에 두고도 아직은 가설에 기반한 여론에 주춤거리고 있다. 여기서 나는 세계적 탄소중립 정책을 반대하는 것이 아니고 선진국들이 너무 위세를 떠는 것을 경계하고 싶다. 사실대로 말하면 지구의 위기는 탄산가스 말고도 지구의 안팎에 무수히 존재한다. 다만 현재는 가설에 기초한 탄소 중립만 주장해도 세계인을 자극하는데, 충분하기 때문이다.

서구가 증기기관이나 전기의 발명에 의한 탄산가스의 증가를 저질러 놓고 세계인 모두에게 공동의 책임을 돌리는 현실이 우리에게는 사실 억울한 측면도 있다. 또 탄소중립을 실현한다고 기후변화가 모두 해결되는 것은 아니다. 일부 정치인들이나 시민운동가들이 정확한 지식이 없음에도 과대 포장하여 정략에 이용하는데, 정작 많은 과학자들은 침묵하고 있다. 지구 온난화 문제의 해결은 우리 인간이 넘볼 수 없는 신의 영역에 속하기 때문이다. "증거의 부재는 부재의 증거가 아니다(Absence of evidence is not evidence of absence)."라고 어떤 천문 학자는 말했다. "지구 온도 상승폭을 산업화 이전 대비 1.5도 이내로 억제하기 위해 화석연료의 감축이 필요하다는 것을 보여주는 과학은 없다."라고 알 자베

르 COP28 의장은 말했다. 우리가 모르는 우주의 광대무변한 저 너머에 온실가스 말고도 무시무시한 무언가 가 웅크리고 있는지도 모른다. 다만 현재로서는 탄소중립 말고는 다른 뾰족한 수를 찾을 수 없음이 문제다. 이럴 때일수록 우리는 참 과학에 의존해야지, 방사능이란 괴물의 미혹에 너무 떠밀려서는 안 된다.

환경부 먹는물 수질기준(규칙제2조) 세시움(Cs-137) 4.0Bq/L, 스트론튬(Sr-90) 3.0Bq/L, 삼중수소(염지하수) 6.0Bq/L 이하(WHO 10,000Bq/L 이하) 핵폐수 중 수소원자의 동위원소(1H/P, 2H/D, 3H/Tritium) 중 하나인 삼중수소는 방사능 물질로 방사선과 에너지 방출후 헬륨(He)원소로 변한다. 이때 방사선이 인간의 몸에 닿으면 방사선 에너지 때문에 몸을 구성하는 분자가 파괴된다. 처리수(한국과 일본은 處理水, Treated waste water), 중국은 징화수(淨化水), 해양투기(海洋投棄, Ocean disposal, Dumping, Dumping of nuclear polluted water), 해안방류(海岸放流, Coastal discharge), 원전유출(방류)수 (Be contaminated by radioactivity), 상징수(上澄水), 청수(清水), 오염수(汚染水, Polluted water), 廢水(Waste water), 汚水/방류수(Effluent), 1975 폐기물 및 기타물질의 투기에 의한 해양오염 방지에 관한 협약(런던협약, IMO)

13 │ 거울 나라의 분토패스

코비드19 팬데믹 도중 나를 가장 놀라게 한 것은 북한에 코로나 환자가 단 한 명도 발생하지 않았다는 뉴스다. 좌우간 어떻게 이런 일이 일어날 수 있는지 아무리 생각해 봐도 수수께끼다. 얼마 전 복수의 북한 관련 매체에 의하면, 북한 함북 청진 시 당국은 3일에 한 번씩 1인당 분토 300kg을 바치라는 요구가 있었다고 보도했다. 이는 식량 증산 운동 차원에서 농사에 필요한 퇴비 확보의 일환으로 이를 수행한 인원만 시장 출입을 허용한다는 것이다. 남한에서 '방역패스'가 있다면 북한에는 '분토패스'가 있는 셈이다. 어떤 농장에서는 분토가 아닌 연탄재를 대신하는데 이는 토양을 황폐시킨다는 의견도 있고, 또 과제를 수행하기 위해 여성들은 새벽마다 이웃 변소를 기웃거리고 다닌다는 소문까지 떠돈다 한다.

한국동란 후 우리나라에서도 새벽에 두부 장수 종소리가 끝나면, 다음에 분뇨 수레 끄는 인부가 골목마다 돌아다니며 돈을 주고 분뇨를 사가던 기억이 생생하다. 주로 과수원에서 커다란 구덩이를 파 놓고 1년 내내 그곳에 이를 저장했다가 때때로 사용하기 위함이다. 이로 인해 행세깨나 한다는 소위 동내 양반들이 향교에 다녀오다 술에 취해 웅덩이에 빠져 허우적거렸다는 소문이 자자했다. 루이스 캐럴의 『이상한 나라의 앨리스』에 나오는 '눈물 웅덩이'가 아니다. 70년대 까지만 해도 한국의 주요 도시에서는 하천 변에 시멘트 콘크리트로 제작한 큰 사각 통에 차로 수거한 분뇨를 저장했다가 홍수 시 일시에 방류했다. 그러다 사 오십년 전부터는 소위 일본의 '희석식 활성슬러지 공법'을 도입 시급 도시에 적용케 했다. 당시 일본이 한국에게 차관을 주는 조건으로 자기 나라 기술을 팔아먹기 위해 하수처리 등 환경시설을 의무적으로 제시했던 결과다.

일본은 차관 감리단으로 '니혼수이도컨설탄트'를 설립 한국 시설을 감독하였는데, 나도 수처리 전문가 자격으로 참여하여 일조했지만, 한편 생각해 보면 그들의 한국을 무시하는 태도는 지금도 가슴 아프다. 당시 우리나라 대학의 관련 연구실은 일부 있었으나 현장을 담당할 수 있는 숙련된 용역사가 전무하다시피 했고, 한국의 하수도 관망은 우수와 하수가 함께 흐르는 합류식 관망이어서 서구식인 분류식과 달라 한국 도시에서 모집한 하수의 질(生物化學的酸素要求量)이 일본 하수의 절반 정도였다. 그래서 제시한 공법이 농도가 높은 분뇨를 농도가 옅은 하수와 섞어 혼합 처리하자는 방식인데 나는 절대 반대였다. 이유는 기생충 문제였다. 어떤 미국 선교사가 한국인들에게 신신당부하던 말을 생생하게 기억 나서다. 채소밭에는 절대 생분뇨를 쓰면 안 된다며 '분뇨장사가 죽어야 기생충감염자가 없어진다'고까지 강조했었다. 얼마나 답답했으면 선교사가 이런 막말까지 서슴없이 했을까, 지난 일이 생각난다.

한번은 퇴직 교장인 나의 은사가 재직 시 소회 일부를 말씀하시는 데, 60년대 학교는 학생들이 쏟아 낸 분뇨를 팔아 재정에 일부 보태기도 했단다. 한번은 문교부에서 학교 감사를 하는데 교비 횡령죄로 교장 선생님이 문책 위기에 처해졌다. 이유인즉 분뇨 거래 착복이라는 혐의다. 즉 셈이 빠른 감사반은 학생 1인당 분뇨 배출량을 계산해 보니 전교생 수에 비하여 분뇨 팔아 번 돈이 부족하다는 이유다. 세상 물정에 어두운 교장 선생님은 청천벽력과 같은 감사에 어찌할 바를 몰라 허둥대시다가 그 이유를 밝히기 시작했다. 사정을 알아보니 농촌에서는 거름이 부족하여 학교 가는 자식들에게 용변을 집에서 미리 보도록 단속하니, 학교에서는 소변만 보고 대변은 집에 두고 등교를 하는 것이다. 그야말로 이론과 실제의 차이였다.

내 전공 중 분뇨 처리도 포함되는데 대변(大便) 이란 단어를 사용함에 있어 어감상 불편할 때가 많았다. 나 자신도 그런데, 오죽하면 경상도의 대변(大邊)초등학교가 지역명을 따서 지은 이름인데 말맛이 좋지 않다며 교명을 변경했고, 전라도의 한 섬 이름이 동도(東島)인데 동섬을 된 소리로 일부러 발음하면 몹시 어색하다 하여 민원을 제기한 적도 있다. 이는 미국에서도 마찬가지다. 쉬(Pee)는 넘버 원(Do #1) 그리고 응가(Poo)는 넘버 투(Do #2)라 호칭하기도 한다. 만일 공산주의 국가에서 이런 말을 사용하면 큰일 나겠지만…. 한국의 어떤 유명 지식인은 스스로를 동파리(82학번)라 낮추어 불러서 나로서는 변이라는 거북한 언어를 씀에 다소 위안이 되었다.

내가 중학교 다닐 때 책가방 대신 낫을 들고 등교하였으며 학교마다 해야 할 퇴비 할당량이 있어 고생했던 지긋지긋한 시절이 있었다. 분뇨 관리와 처분에서도 지금 남과 북은 무려 반세기나 차이가 난다. 격세지감이 든다. 지금도 북한은 폐질환자가 문제라는 데 거기에 분뇨로 인한 기생충까지 번지는 건 불을 보듯 뻔하다. 고비사막에서는 평생 타던 말이 늙어 힘이 빠지면 고삐를 풀어주고 자연으로 돌려보낸다. 또 인도에서는 코브라를 잡아 돈벌이한 후 방생한다. 지금의 북한 주민은 그동안 고생할 만큼 했으니 분뇨 대신 비료를 쓰고 이제는 그들에게 자유도 허락해야 할 만도 하다.

북한의 극초음속 무기 개발로 인한 국제적 코리아 디스카운트는 한국에 큰 짐이 되고 있다. 한국의 경제학자 김세직 교수는 '5년마다 1%포인트 추락의 법칙'을 설명하며 이를 극복하기 위해서는 선진국 기술을 베끼는 모방형 성장에서 '창조형 자본주의'로의 증진을 주장했다. 옳은 말이다. 다만 이를 실현하기 위해서는 남북한의 협력이 필수 대목이다. 작금 남한의 산하는 풍력 태양광 간석지 등의 과도한 개발로 몸살을 앓고 있다.

반면, 내가 세계 여러 곳을 돌아다녀 보았으나 압록강처럼 길이에 비하여 유역면적이 넓지 않으면서도 포장수력자원이 풍부하고, 특히 중강진 이후는 유속이 느리면서도 아주 깨끗하고 넉넉한 수량이 도도히 흐르는 물길을 과문하지만 본적이 없다. 강 중상류에 일부 댐과 소규모 화약공장을 빼고는 산업시설이나 도시가 거의 없으며 눈이 많이 내려 쌓여 봄이 되면 녹아서 서서히 흐르고, 거기에 강 중류는 수명을 다한 수풍댐과 그 아래 조-중 합작 태평만댐이 있다. 또 강 하류에 위치한 여의도 면적의 3.9배나 되는 11.2km^2에 달하는 우리의 과거가 살아 숨 쉬는 위화도를 포함 검동도, 어적도 등 하중도가 모두 비어 있다시피 하고 있어, 거기에 압록강의 청정한 수자원을 이용하고 백두산은 물론 고려 시대 귀주 흥화진 전적지와도 연계하여 한반도 역사 문화공간으로 조성하면, 이탈리아의 베네치아와는 또 다른 품격을 연출할 수 있을 것 같다. 더욱이 다행인 것은 압록강 하구 바로 중국의 턱밑에 북한이 비단섬을 소유하고 있어 우리나라는 길게 보면 안보 측면이나 중국 진출에 교두보가 될 수도 있을 것이다. 다만 모래 채굴 등 중국 쪽 압록강 지류가 현재 난 개발되고 있어 걱정이다.

우리가 사는 지금의 이 나라는 북이든 남이든 모두 후손으로부터 빌려 쓰고 있는 땅이다. 국토를 분토와 난 개발로 무참히 버무려 버릴 일이 아니고 자연 그대로의 금수강산을 후세를 위해서라도 잘 보전하여 물려주어야 한다. 그리고 북한은 「거울나라의 앨리스」에 나오는 '붉은 여왕의 달리기'처럼, 경쟁이 없는 공산 국가에서는 정말 열심히 일해도 국민들은 항상 그곳에만 머물러 있을 뿐이고, 거기에다 '잡초로 몰린 앨리스'의 신세가 되어 '분토패스'까지 물림 받는 백성에서 하루빨리 벗어나야 한다. 지금 세계는 바야흐로 메타버스 시대로 들어가는데 그들만 계속하여 구시대적 사고에 젖어 이를 최선이라 고집한다면 앞으로의 희망은 요원하다.

14 금강산 유감

강원도 금강산에 들어서면 입구에 미인송(赤松)이 빽빽이 자라고 있어 보기만 해도 사람의 마음을 설레게 하는 데 충분하다. 내 생각에 미인송의 특징은 겨울에 눈이 많이 내린 지역이라 곁가지가 적설로 인해 휘어지거나 부러져 버리면서 옆 가지가 드문 대신 높이 솟아 나무 꼭대기 쪽에서 주로 탄소 동화 작용이 일어나면서 송림을 이룬 것이 아닌가 생각된다. 그렇게 크다 보니 독립수와 달리 큰 키와 몸통에 군더더기가 없는 훤칠한 모습이 마치 미인처럼 보일만도 하다. 소나무의 다른 이름인 '솔'은 으뜸을 뜻한다고 한다. 추위에 강해 겨울철에도 제 모습을 간직하므로 세한삼우에 포함된다. 그래서 추사 김정희는 「세한도」에서 소나무의 푸른 기상을 통해 선비 정신을 기렸다.

그런데 막상 금강산 안으로 들어서면 온통 붉은 글씨로 절경마다 조각한 공산당 선전 문구가 현란하여 앞으로 어떻게 이 낙서들을 치워야 할지 걱정스럽기만 하다. 구룡폭포에 다다르면 암벽 전면에 한자로 미륵불(彌勒佛)이라는 글씨가 한눈에 뜨인다. 북측 안내원의 설명을 들으니, 1940년대 김일성의 지시에 의하여 근대 서화가 해강 김규진의 글씨를 새긴 것이라 하는데, 글자가 얼마나 크던지 마지막 획의 길이는 무려 13m이며 그 속에 사람이 서 있을 정도다. 그런데 내가 이해할 수 없는 건 글쓴이는 1933년에 작고한 분으로 시대가 일치하지 않는다. 작가가 생존 시는 일제 강점기로 우리나라 측량기술로는 글자의 확대가 어려워 일본인 기술자가 이미 전에 제작해 둔 것 같다.

해강 김규진은 조선 후기 서예가인 동시에 우리나라 최초의 사진작가로 합천 해인사 '일주문' 글씨를 썼으며 서울 창덕궁 「총석정 절경도」를 그린 분으로 큰 글씨 쓰기에 능한 예술가다. 하지만 붓으로 미륵불을 이렇게 큰 글씨로 쓰는 것은 불가능하다. 우선 사람 몸통만큼 큰 붓을 만들 수 있는 필공이 있을 리 만무하다. 성균관대 박물관에 가면 실제로 해강이 미륵불을 쓴 붓이 전시되어 있다 한다. 붓의 길이는 1.8m요 지름이 6.1cm이며 만들기는 '이왕가 제작소'다.

그리고 미륵불 석각은 일본의 장인 '스즈키 긴지로'라 한다. 여기에 한 가지 의문은 어떻게 6.1cm 붓으로 10배가 넘는 사람 몸통이 들어가는 크기의 붓 놀림이 가능한가다. 어떤 남한 관계인의 설명에 의하면 글씨를 쓸 때 10여 명의 인원이 동원되고 수백 장의 종이를 이어 붙여 일필휘지했다는데 이해 불가다. 북측이나 남측 모두 어디까지 가 진실인지 알 수 없는 미스터리다. 종교를 탄압한 공산국가에서 왜 불교 이념을 뜻하는 미륵불을 인용했는지 알 수가 없다. 또 한국에서 말하는 구룡폭포 미륵불 글씨는 1919년 불교계의 주선으로 이미 새겨진 것이며 모본 글씨는 3.1운동을 기념했다는데 왜 하필 일본인 석공의 작품인가…. 그는 30년대 서울 인왕산 암벽에 조선총독부의 선전구호를 새긴 인물이다.

나는 북측의 안내로 개방 초에 금강산 여러 곳을 둘러보았는데, 그중 가슴 아픈 것은 조선 시대 수많은 시인 묵객들이 흔적을 남기기 위해 바윗돌이나 비석에 새겨둔 금석문들은 모두 파내지고 또 이를 도로공사에 쓰여, 지나가는 관광객들의 발길에 걸리기 일쑤다. 시비 세워 학식을 자랑하던 지하의 옛 선인들을 생각하면 발걸음이 자꾸 뒤를 돌아보게 한다. 양반들은 그늘에서 술잔을 기울이며 편히 시를 짓고 또 한쪽에서는 하인과 석공들이 뙤약볕 아래서 얼마나 많은 땀을 흘렸을까 생각하니 마음이 더 아프다. 차라리 깊게 파 묻어버렸다면 우리의 눈에는 안 보일 텐데 하고 한숨이 나온다. 길을 걷다 보면 일부 깨진 비석조각이 삐죽이 밖으로 내밀고 있어 자세히 들여다보니 시구(詩句)는 잘 안 보이나 글씨체와 석공의 정교한 작업이 부분적이나마 들어나 보여 감탄을 자아내게 한다.

그러나 한편 생각해 보면, 글 잘하는 선비가 후세에 알려주고 싶은 이야기가 한두 가지가 아닐 것이고, 또 수백 년을 이어오다 보니 석비가 넘쳐나 쌓이다 보면 쓰레기 산이 되었을 것 같다. 그 러니 구악을 타파 코 져 치울 수밖에 없었을 것 같기는 하다. 한 국에서도 공원 조성사업이나 도로공사를 하다 보면 거쳐 간 지 방관의 공덕비나 조상의 행적비가 하도 많아 차마 버리지 못하 고 구석에 비석 무덤을 조성하기도 한다. 금강산 시비들도 그랬 으려니 하고 짐작은 가나 길바닥에 자갈 대신 아무렇게 나 내팽 개치듯 깔아 놓은 건 차마 볼 수가 없다. 금강산 곳곳에 널려 있 는 정치구호도 언젠가는 똑같은 신세가 될 것이다.

조선사회의 한량들은 조상 덕에 공부는 남이고 과거마저 낙방 이면 세상유람에 시간을 허비한다. 나귀나 하인이라도 거느릴 만한 자가 아니면, 조선의 억불 숭유 정책으로 스님을 하대하며, 양반이랍시고 산중에서 수도하는 힘센 젊은 스님을 골라 가마를 매게 하고, 거들먹거리며 산천경개를 유람하는데 그중에서 금강산이 제일이다. 그러다 너무 힘든 어떤 스님은 계곡 위에서 가마를 맨 채 동반 자살을 했다는 구전을 어느 노스님에게 들은 바도 있다.

조선 시대의 시인 묵객이나 호사가들이 틈만 나면 천하명산 금강산 구경을 하는 게 소원이었다는 여러 이야기가 전해온다. 돌이켜보면 옛날 선비들이 교통관계로 세계를 돌아다녀 보지 못했기 때문에 그들의 선호 관광지는 나라 안 금강산 정도가 최고였을 것이다. 그러나 중국의 '후왕산', 크로아티아의 '플리트비체', 미국의 '브라이스 캐넌'을 못 다녀와서 나라 밖을 모르니, 발품으로 여행 가능한 곳이 금강산 일만이천봉 정도가 아닌가 한다. 그런데 금강산은 내가 세계 여러 곳을 다녀 본 경험이 있어서 그런지, 뇌리에 남은 거라고는, 절벽 도처에 붉은색으로 칠한 그 많은 정치구호다.

거기에 맑은 물이 흐르는 금강산 아래 하상은 이곳저곳이 굴착기에 파헤쳐지고 어딘가로 분주히 옮겨지는 금빛 모래와 자갈이다. 이런 곳을 파내다니 참으로 아까웠다. 금강산 천혜의 비경들은 붉은 낙서로 얼룩졌고, 또 보이지 않는 곳에서는 천연자원의 훼손으로 이어지면, 우리의 금강산은 앞으로 영원히 '명불허접'

이라 불릴지도 모른다. 그래도 다행인 것은 금강산 동쪽 삼일포는 18세기 겸재 정선의 화첩에 나온 그대로이고, 깨끗한 석호와 복판의 사선정은 명불허전이라 해도 손색이 없어 보인다.

금강산 구룡폭포

15 명분과 실리
-어느 관상 대가의 일화-

저평한 호남평야에 우뚝 솟은 모악산(母岳山)은 원래 해동지도에 무악산(毋岳山)이라 하여 그런지 우리나라 미륵신앙의 본거지다. 그 아래 동네에 전남 구례에서 올라온 서백일이란 한 한량이 살았다. 그가 어느 날 서울 나들이를 했는데, 그때 일본인 상점에서 손전등을 2개 구입해 왔다. 그리고 그 쓰임새를 궁리하다가 묘안을 끄집어냈다. 하루는 머슴을 시켜 손전등을 들고 산으로 올라가라 하면서 말하길 '네가 밤이 되면 손전등 불을 켜고 있다가 내가 소리를 지르면 후딱 꺼 버려라'고 단단히 일렀다. 그 후 마을 뒷산에서 갑자기 산신령이 화등잔만 한두 눈을 부릅뜬 호랑이로 둔갑하여, 마을을 처다본다는 소문이 나돌아 마을 사람들을 긴장시켰다.

이를 지켜본 서백일이 기다렸다는 듯 불호령을 내려 산신령을 순식간에 제압해 버리자, 그의 신통력에 감읍하여 사람들이 그를 교주로 모셨는데 그 사이비 종교가 바로 '용화교'다. 혹세무민의 극치였다. 그러나 말년에 한 여신도 남친의 칼을 받고 쓰러졌다. 몇 년 전 세상을 떠들썩하게 했던 구원파 교주의 만행, 최근에는 신천지 교도의 바이러스 전파, 거기에 일부 명망 있는 종교인들의 파행까지 떠올라 하는 얘기다.

반면 일본에 유명한 관상계의 대가 한 사람이 있었다. 그는 일본 월성화상의 시를 읽고 감동을 받아 큰 뜻을 세우고 고향을 떠나 용맹정진했다. 처음 3년은 이발소에 취직하여 머리를 감기는 일을 했고, 다음 3년은 때밀이 노동을 했으며 마지막 4년은 장례식장에서 염습하는 법을 익혔다. 그리고 드디어 10여 년에 걸친 절차탁마가 결실을 맺어, 관상쟁이라는 비록 천한 직업이기는 하지만 그 분야의 대가가 되었다 한다. 직업에 귀천이 없고 노력만이 실력을 키우고 실리를 챙기는 길임을 시사하는 대목이다.

일본이 태평양전쟁에서 패망한 후 일본 열도가 절망에 모두 빠졌을 때 아래 두 가지 사실이 전 일본을 실의로부터 큰 위안을 받았다. 하나는 「흐르는 강물처럼」이란 엔카를 불러 열도 인들의 심금을 울린 재일 한국인 동포 '미소라 히바리'의 출현이요, 또 하나는 『도쿠가와 이에야스』라는 대하소설을 집필한 작가 '야마오카 소하치'이다. 그의 소설에서 돋보이는 두 가지의 사실을 여기에 소개하면,

도쿠가와가 서양 선교사로부터 도입한 돋보기와 제 빵 기술이
다. 당시 첩자들이 하도 많아 피아 구별이 어려운데, 나이든 쇼군
이 돋보기로 전술지도를 직접 볼 수 있어 기밀이 새나가지 않고,
또 야영을 하게 되면 밥 지은 흔적이 남지만 빵을 군량으로 삼으
니 행군 속도와 물자보급에서 상대를 압도했다. 이로써 서양은
명분을 얻었고 일본은 실리를 취했다.

　태평양전쟁 때 미국인들은 일본인을 향하여 한다는 말이 "어
느 니스냐(Which nese chinese or japanese)."라며 아시아인을 노골적
으로 무시했다. 그러자 화가 치민 일본인들도 지지 않고 미국인
을 향하여 "어느 키냐(Which key jankee or monkey)."라고 응수했다. 최
근 서양인들은 중국 신종바이러스 독감이 유행되자 아세안을 통
틀어 '시나(China)'라며 노골적으로 무시한다. 시나란 고대 중국
(秦)을 산스크리스트어로 지나(支那)라 음역한 것을 유럽인들이 자
기식대로 발음하면서 동아시아인들만 보면 눈이 작은 게 특징이
라며 희롱하는 말이다.

　2020년 중국 의사 리원량(李文亮)이 우한 신종 코로나바이러스
감염증을 최초로 보고 하여 유언비어 살포 죄로 처벌까지 받았
으나, 사실이 밝혀지고 또 진료 중 사망하자 그를 같은 후베이성
출신 주거량(諸葛亮)에 비유 양량(兩亮)이라 칭송했다.

　1925년에 멕시코에서 출시한 「분노의 질주」에서 유명세를 탄

코로나 맥주(Corona extra)는 2020년 코로나바이러스와 이름이 유사하다는 누명을 쓰고 불과 3개월 만에 가격이 반 토막이 나 벼렸다. 왕관(Crown)이란 의미인 코로나가 바이러스로 오해받은 실로 어처구니없는 일이다.

중국 명나라 영락제 재위 시 정허는 1405년 최초 62척의 선단을 이끌고 아라비아를 거처 아프리카까지 진출했으나, 80여 년 후인 1492년 콜럼버스의 신대륙 발견 보다 덜 알려져 있다. 그 이유는 바로 효용성이다. 명나라가 대륙에서 재화 약탈에 어려움이 뒤따르자 해양을 통하여 중국의 위엄과 주변국 수탈을 도모하기 위해 소위 정허의 선단을 꾸린 것이다. 그런가 하면, 중국이 유럽보다 먼저인 송나라 때 이미 지남철을 발견했다. 중국은 이를 지관들이 명당 찾는 데 사용했으나, 서양은 지남철로 나침반을 만들어 항해술에 활용했다. 중국은 서양보다 화약을 먼저 발명하고도 그들은 귀신 쫓는 데 이를 사용하다가 유럽의 화포에 무너졌다. 어쨌든 결과는 중국의 참패였다. 명분과 실리의 차이이다. 우리나라도 이를 반면교사로 삼아야 할 때다.

월성화상(釋月性)의 시(男兒立地出鄕關 學若不成死不還 埋骨何期墳墓地 人間到處有靑山), 미소라 히바리(加藤和枝), 야마오카 소하치(山岡莊八), 『도쿠가와 이에야스(德川家康)』, 리원량(李文亮), 주거량(諸葛亮), 정허(鄭和)

16 광복절과 정한론자

미국의 일부 초등학교 수업교재에까지 쓰일 정도로 한때 화제작이었던 일본계 미국인 요코 가와시마 왓킨스 여사가 쓴 『요코 이야기』가 많은 미국인들의 공감을 얻었다. 제2차 세계대전에서 일본이 패망하자, 일본인 요코가 불과 12세의 어린 나이에 함경북도 청진에서 고향인 교토까지 가는 피란 길에, 수없이 많은 일본의 부녀자들이 한국 남성들에게 성폭행당했다는, 한국인들의 야만성을 폭로한 내용이다. 12살 먹은 어린 소녀가 무얼 보았다고, 착한 일본인과 악한 한국인을 어떻게 구별하려 했는지 모르겠다.

반면 『흐르는 별은 살아 있다』를 쓴 일본인 후지와라 데이 여사는 중국의 창춘에서 고향인 일본 나가노까지 피란 도중, 조선

농부들은 소달구지까지 태워주는 친절함에 감동을 받았다고 적었다. 도리어 같은 일본인들끼리 서로 반목했고, 또 그 후 일본에 도착해 보니 고국 인사들이 그들 귀향 민 들을 더 푸대접하더라고 회고했다. 심지어 그녀는 당시의 상황이 만일 일본인과 조선인이 반대 입장이었다면 그 참혹함을 어찌 상상이나 할까 보냐며 치가 떨린다고 말했다. 그녀는 당시의 심정을 한마디로 "조선 사람들은 배알도 없는 민족인가."라고 하며 자조적이고 또 의미심장한 대목도 덧붙였다. 아마도 그녀가 한 이 말의 본질은 조선인의 순진한 마음을 통해 일본인들의 냉소적 태도를 에둘러 비난한 듯하다.

같은 나이, 같은 여성, 같은 시기 또 비슷한 동선을 따라 피란길을 떠난 두 여성이 같은 사실을 두고, 서로 극명한 대조를 이룬 것을 보면 일본인들의 이중성을 실감할 수 있다. 일제 강점기 시대 그들의 만행을 미화코자 하는, 또는 참회코자 하는, 두 얼굴을 가진 일본인들의 간사함을 우리는 늘 경계해야 한다. 후안무치한 일본의 태도는, 후쿠시마 원전 오염수 방류, 하시마 탄광의 역사 왜곡 등등 셀 수가 없다. 그런데도 일본 아소다로 부총리는 국뽕을 들먹이며 마치 일본인은 민도가 다른 아시아인들과는 다르다는 과장을 서슴지 않고 있다.

1893년 일본의 정보원인 혼마 규스케가 조선 침략의 첨병 역할을 위해 조선을 정탐하고 난 후, 그 소감을 일본의 『니로쿠신보』에 기고했는데, 글의 내용에서 편견이 심하고 조선의 악담만 들추어 기록한 것이어서, 우리나라에서는 한동안 금서로 분류되었다. 기껏 1년 정도의 첩자 생활에서 얻은 그의 피력 중에서 기억나는 대로 몇 가지 참담한 대목을 여기에 적어보면,

　　첫째는 조선 부녀자들은 치마 속에 밑이 터진 고쟁이라는 속곳을 입고 살고, 남자는 속옷도 안 입은 채 바짓부리에 대님을 맨 헐렁한 핫바지라는 아랫도리를 걸치고 사는데, 허리끈만 풀면 언제든지 여자를 범할 수 있으며, 또 여자들은 남자들이 요구하면 몸을 내줄 수 있는 준비가 된듯하다 했다.

　　둘째는 양반집 여종들은 모두 주인의 노리갯감이어서 양반들은 안채 대신 사랑방을 두고 사는데 그 적폐가 심하여 하녀들이 생산한 아들은 씨가 누군지도 몰라 조정에서는 등용치 않았으며, 여아는 하녀의 수를 늘리는 수단으로 애용하고 있었다.

　　셋째는 사찰에 가보면 스님들이 불경 공부는 하지 않고 잿밥에만 관심을 두고 매일 하는 일이 왕과 세자의 만수무강만 외치고 있고, 먹을 것은 탁발에 의존하더라. 반면 일본 승 들은 '하루 일

하지 않으면 하루 굶는 것'을 신조로 삼는데 라며, 괴담 투 성이 글을 늘어놓았다. 이것이 바로 오늘날 표현의 자유라는 미명하에 험한 논쟁으로까지 이어졌다.

일본의 중 들은 성주와 맥을 같이 해 정치성이 짙다. 일본의 간첩 혼마는 여수거사(如囚居士)라는 필명까지 써 가면서 조선 정탐에 몰두했는데, 적어도 그자는 조선 불교를 지적할 자격이 없다. 조선에는 사명이나 서산 대사와 같은 훌륭한 스님이 얼마나 계신지 몰라서 하는 소리다. 다만 억불 숭유 정책으로 스님들이 다소 위축되었던 건 사실이다.

일본을 통일한 도쿠가와 이에야스가 왕명으로 모든 가임 여성들은 기모노에 오비(帶)라는 일종의 모후(毛布)를 허리에 두르고 아랫도리 내의는 아예 벗고 다니도록 했는데, 일설에 의하면, 이는 일본군들의 성 노리개 노릇과 집안에는 징병으로 장정들이 별로 없으니 인구 늘리는 수단으로 활용했다는 것이다.

내 생각에 조선 여인의 고쟁이 착용은 밭맬 때 갑자기 소변이 마려우면 볼일 보기 쉽도록 고안한 일종의 발명품이다. 도리어 일본 여자들은 오비를 두름으로써 위안부의 원조가 되었다. 조선의 남자들은 잠방이를 입는 반면 일본인은 훈도시(褌)라는 일종의 천을 착용하는데 일본 기후가 습해서 그런다고는 하나 쓰임새가 요상하다. 또 중국 운남성 모쒀족의 주혼(走婚)과 유사한 요바이(夜遗)란 풍습이 성행하여 부계 대신 모계를 따랐으며, 근친혼이 보편화되어 있어 일본인들은 열성 유전자를 물려받아 인물들이 못생기고 잔인하다 한다.

『로마인 이야기』로 세계적 명성을 얻은 일본인 여류작가 시오노 나나미는 조선의 위안부를 성노예(Sex slave)가 아닌 '상냥한 이름(Name of comfort)'이라는 교활한 문학적 수사로 양심과 정의를 저버리는 세계적 속인이 되었다. 물론 조선 벼슬아치들의 관행 중 하나로 외직 관료들은 가족과 오랫동안 헤어져 살고 있기에, 현지 첩이나 기생들을 상냥한 시중쯤으로 치부했음 직하기는 하다.

광복 바로 다음 미국 군용기 한 대가 신생 대한민국으로 가기 위해 중국 상하이의 한 비행장 활주로에 대기하고 있었다. 이는 중국에서 활동하던 대한 독립운동가들을 귀국시켜주기 위한 미국 측의 배려였다. 그런데 그때 진풍경이 벌어졌다고, 한 미군기 조종사가 그의 일기에 쓴 것을 읽어본 기억이 난다. 이야기인즉 중국에서 독립운동을 했다고 주장하는 일부 인사들이 서로 먼저 귀국해야 한 자리씩 요직을 차지할 수 있다고 난리를 친 것이다. 그러니 진정한 애국자들은 아마도 바라만 보셨을 것으로 짐작된다.

어떤 기념관에 가보면 의연한 자세로 많은 애국지사들이 도열한 모습을 도처에 볼 수 있는데, 과연 그중에 몇 분이나 진정한 애국자이셨는지 가늠할 수가 없다. 친일인명사전을 보면 역사란 과연 무엇인지 차라리 눈을 감아버리고 싶을 정도다. 물론 일본의 집요한 회유 때문이었겠지만…. 중국이나 미국 등지에서 활동하셨던 분들도 물론 예외는 아니었다.

사람은 누구나 공과가 있기 마련이지만 이는 좀 심각하다는 생각을 떨칠 수가 없다. 상아탑이라는 우리나라 대학의 교가에는 친일 작사자나 작곡자가 수도 없이 많아 오늘날 국립대학들의 처지가 곤궁하다.

일본 도쿄의 우에다공원을 가보면 정한론자의 우두머리 격인 일본인 사이고 다카모리(西郷隆盛)의 동상이 서 있다. 그는 게다짝에 유카타를 입고 서 있는 그야말로 전형적인 왜인 그대로이다. 이런 자들의 허황된 욕망 때문에 우리 한민족이 35년이나 치욕의 역사를 감내해야 했다. 그런데 가만히 보면 한국에서 온 관광객들이 그 옆에 서서 무심코 기념촬영을 하느라 분주하다. 그가 누구인지도 모르면서….

영국의 악덕 노예상인 에드워드 콜스턴 동상이 흑인들에 매달려 잉글랜드 에이번 강에 내팽개치듯, 그도 언젠가는 누군가에 의해 에도가와(江戸川)에 던져질 신세가 꼭 올 것이다. 어쨌든 한국 관광객 거실에 걸어두었음 직한 기념사진이 몹시 궁금하다. 혹시 다른 방에는 남산공원 위안부 피해자 할머니 기림 비 사진이라도 걸려 있다면, 아마 서울역 광장에 우뚝 서 계신 왈우 강우규 의사의 손에 든 폭탄이 광복절을 맞아 한 번 더 울 것 같다.

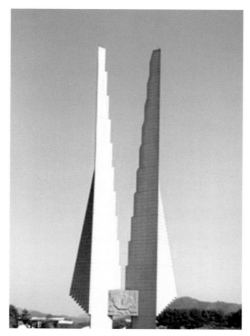

독립기념탑

17 코로나바이러스 변종 오미크론과 중국의 시진핑

2019년 세계보건기구에서는 전세계적으로 유행한 코로나바이러스 감염증의 정식 이름을 '코비드19(COVID-19)'라 명명했다. 동시에 그 변이종은 그리스 문자 표기에 따라 첫 번째인 알파(a)부터 12번째인 뮤(mu)까지 이름 지었다. 그런데 갑자기 다음 순서인 뉴(nu)와 크시(xi)를 건너뛰고 15번째인 오미크론(o)을 채용한 것에 전문가들은 의문을 자아내고 있다. 혹자는 중국의 시진핑(미스터 크시, XI)을 의식한 게 아니냐는 설도 있다. 이러니 세계보건기구가 중국의 돈 때문에 코비드19의 중국 우한 기원설에 영향을 줄 만도 하다. 어떤 서구인은 중국의 시진핑을 미스터 '일레븐'이라 불러 화제였다. 시진핑의 영어 이름이 시(XI, Jinping)여서 로마 숫자 십진기수법으로는 십 일(11)을 뜻하기 때문이다.

중국의 역대 지도자들뿐 아니라 기업도 음흉하기는 마찬가지다. 2010년대에 중국에서 한류 배우 전지현을 앞세워 대대적 선전을 해온 헝다그룹의 백산수는 중국 창바이산이 연상된다고 한국에서 시비가 일자 슬그머니 백두산수로 개명했다. 지금도, 넷플릭스에서 한국 드라마들이 대성공을 거두자 얼마 전 한국의 한 종편에 중국을 겨냥한 「지리산(智異山)」이란 드라마를 띄우려다 여배우가 착용한 네파 패딩 방한복만 불티나게 팔렸다 한다. 중국 쪽의 광고에 보면 우리의 지리산을 자기들 멋대로 중국 간체자인 지이산(智异山)으로 표기하고 있어 전통한자체로 고유명사를 쓰는 우리로서는 어색하고 기분 나쁘다.

아프리카 에드윈 디코로티 보츠와나 보건장관은 코로나의 오미크론 변형이란 아프리카가 그 기원이기는 하나, 이미 이전에 유럽의 네덜란드에서도 발견된 바 있다며 억울함을 호소했다. 선진국은 지금 코비드19로 치부하겠다는 모더나사 와 화이자사 간의 돈벌이 경쟁이 도를 넘고 있다. 오미크론 변종 면역을 두고 양 사가 세계인의 생명을 두고 다투는 모습이 불쾌하기만 하다. 모더나가 오미크론 변종에 대한 예방 백신의 무용론을 펴자, 화이자는 아니라고 우긴다. 얼마 전, 오죽하면 삼성 이재용 부회장이 세계질서의 냉혹함을 갑자기 강조했을까…. 우리도 새겨들어야 할 대목이다.

세계 최초로 코로나의 새로운 변이인 오미크론을 발표한 남아프리카공화국의 안젤리크 쿠체 박사는 한국의 한 언론사와의 인터뷰에서, 오미크론은 코로나 감염병 종식의 끝판왕이 될 것이라고 말했고, 또 독일의 감염병 전문가인 카를 라우터바흐 교수는 이를 끝으로 탈 코로나는 성탄절 선물이 될 것이라 예언하기도 했다. 다시 말한다면 오미크론 변종의 출현은 코로나의 마지막 발악이란 뜻이다. 어쨌든 이런 희망적인 소식도 있어 그간의 고통스러운 세월이 하루빨리 종식되었으면 한다. 다만, 남아프리카는 오미크론 변이의 발원지임을 부정하지 않았으나 중국은 코로나의 우한 기원을 끝까지 부인하고 있다. 이제는 중국의 시진핑도 동계 올림픽이 끝나면 제2차 세계 대전 이후, 지구 최악의 코로나 역병 기원에 대한 자초지종을 설명해야, 세계 정치 지도자의 반열에 들 수 있다.

18 나비와 하루살이

초승달이 뜬 어느 무더운 여름날 밤 하루살이와 나비가 만나 서로 이야기를 주고받았다. 나비가 달을 가리키며 하는 말이 "하루살이야 저 달이 지금은 가냘프고 요염하게 보이지만 보름날이 다가오면 둥그렇게 된단다."라고 미래를 말하자 하루살이는 불같이 화를 내며 하는 말이 "거짓말 좀 작작해라 내 평생을 살아 보았지만 달이 둥글다는 얘기는 처음 들어본다." 하고는 어디론가 날아가 버렸다. 그러자 당황한 나비는 하루살이에게 좀 더 사실을 자세하게 설명해 줄 걸 하고 자기 자신의 성급함을 몹시 후회했다. 다음날 비가 오는데 나비는 배가 불러 쉬고 있는 참새를 만났다. 참새가 하는 말 "나비야 겨울이 오면 이 비가 하얀 눈으로 변하는데 그때가 되면 얼마나 춥고 배가 고픈지 너는 아느냐."

고 말하자 나비가 놀라서 하는 말이 "하늘에서 비 오는 날은 보았지만 눈이 내린다는 헛소리는 처음이다." 하며, 뒤도 돌아보지 않고 날아가 버렸다. 하루살이는 하루만 살아보아서 달이 도는 자연의 순리를 이해할 수 없으며, 나비는 여름에만 살았으니 하얀 눈이 무엇인지 모른다.

성웅 이순신 장군이 임란 해전에서 일본해군을 섬멸하는데 주로 지형지물을 잘 활용했다. 대표적으로 명량대첩의 울돌목, 한산도대첩의 견내량 등 해전에서 좁은 해협을 이용한 충무공의 용병술은, 영국 해안이 조선 남서해안과 유사한 점이 많아, 영국 해군 교과에서도 소개한 적이 있을 정도다.

당시 도요토미 히데요시가 무지막지한 해적 패거리까지 동원하여, 얼마나 조선 백성을 유린했을까 생각하면 참으로 분통한 일이다. 그는 평화의 상징 동유럽의 우크라이나를 침범하고 국제법상 금지된 나비 지뢰까지 투하한 러시아의 푸틴과 동급인 자이다. 트라팔가르 해전의 영웅인 영국의 넬슨 제독은 200년 차이를 두고 충무공처럼 전투 중 갑판에서 적의 총탄에 맞아 전사했는데, 그가 최후를 맞은 빅토리 함은 복원되어 오늘날까지 전시되고 있는 반면, 전라도의 해안을 다 뒤져봐도 아직까지 거북선의 실체는 발견되지 않고 있다. 그러나 신안 고군산 아산 등 해수역에서는 수장된 고려청자나 조선백자가 수없이 발견되고 있어 거북선도 조만간 좋은 소식이 있을 것이다.

충무공의 용병술을 실감 나게 표현하는 것이 그리 어려웠던 지, 어떤 드라마로 소개된 해전에서 보면, 조선의 함선이 일본해 군을 유인하기 위하여 해협 건너에 주둔한 왜군을 압박하는척하 다 도로 후퇴하는데, 이때 흘수가 낮은 조선의 평저선인 판옥선 이 빠져나가자마자, 해류의 흐름이 바뀌며 이상한 장면이 나타 나 나를 놀라게 했다. 즉 전투 이전에 양안에 미리 걸어 둔 철쇄 를 소가 끄는 막개(捲上機)에 달아 감아올리니 늘어졌던 줄이 점점 일어나며 수평에 거의 다다르자, 첨저선인 일본 배가 쇠줄에 걸 려 뒤엉키며 대부분 침몰해 버린다. 드라마 연출가는 이순신 장 군의 해전을 쉽게 설명하는 데 한계가 있어서 그런지는 모르겠 으나 물리학적으로 줄이 평평해지는 것은 장력 때문에 불가능하 다. 연출가의 뛰어난 상상력은 높이 살 만하나 과학적이지는 못 하다. 처짐은 현대 장비를 총동원해도 막지 못한다. 그런데 하 물며 어떻게 소가 늘어진 쇠줄을 수면으로 끌어당길 수 있겠는 가….

미국 샌프란시스코의 금문교를 가보면 쉽게 이해가 간다. 바로 세계 최초 현수교인데 특징으로는 강철 로프가 강 중앙으로 장 력 때문에 처져 있다. 미국의 기술력이나 장비가 부족해서 줄을 평평하게 못 한 것이 아니다. 역학적 특성 때문에 그렇다. 그래서 최근에는 인천 대교처럼 나비형 사장교라는 다른 공법으로 시공 하기도 한다. 아마도 충무공이 해협에서 치른 전투장면을 소개하는데 작가는 참새가 나비에게 흰 눈을 설명하는 것만큼이나 어려웠던가 보다. 소가 쇠줄을 끄는 화면을 보면서 나는 실소를 금치 못했다. 드라마를 역사적 사실과 대조하려는 생각은 전혀 아니다.

11세기 초 추운 겨울에 거란의 도통 바야르(蕭排押)가 제3차 고려에 침입했을 때 압록강 지류 '삼교천 천투'에서 굵은 밧줄로 쇠가죽을 꿰어 강 위 얼음을 깨고 그 아래 흐르는 물을 막아 수공을 펼쳐 고려군이 거란군을 물리쳤다는데, 자세한 기술이 없어, 나 같은 공학도로서는 그 상황이 쉽게 이해가 가질 않는다. 그리스의 전쟁 역사학자인 투키디데스를 소환하여도 쉽게 풀 수 없는 문제일 것 같다.

1999년 김경일 교수가 저술한 『공자가 죽어야 나라가 산다』라는 제명의 책이 출간되자 바로 화제작이 되었는데, 이 책은 제목에서 보여주듯 강렬한 비판 의식이 넘치고도 남았다. 한학 공부를 많이 하신 분으로 알려진 저자가 평소 얼마나 답답했으면 비판을 무릅쓰고 이런 제명을 쓰면서까지, 우리의 고리타분하고 위선 가득한 유교적 사회 생활상을 쉽게 설명하려고, 무던히도 애쓴 흔적이 여러 행간에 살아 있다. 작가는 자신의 생각을 남을 이해시키는 데 참새처럼 쉽게 포기하거나 나비처럼 날아가 버리지 않고, 오직 자신을 낮추어 가면서까지 열심히 설득하는 듯하여 참으로 존경스러웠다.

중국 전국시대 무위자연을 설파하던 좡즈(莊子)의 호접몽에 보면 '좡즈가 꿈에 나비가 되어 훨훨 날아다니는데 나비가 좡즈인지 좡즈가 나비인지 분간하지 못했다'고 하며 피아 구별을 설명하는 다소 어려운 대목이 나온다. 나비가 된 좡즈는 그저 귀찮은지라 굳이 둥근 달을 설명하려 하지 않은 것인지 아니면 어리석은 하루살이의 학습 태도를 꾸짖는지 나는 모르겠다. 아마도 그는 2,000여 년 전에 이미 오늘날의 가상현실 세계를 오간듯하다.

2000년대 초 한때 남북관계가 화해 무드로 돌아서자 남과 북의 여러 기업이 상호 협력체제 구축을 위한 사전회의가 있었다. 그중 한번은 한국의 엘지전자 기술진이 방북하여 북측의 기술진과 대면 상담을 하였는데, 엘지 측이 설명하길 "우리의 전자음향기 기술은 앰프 등 세계 최고의 수준인데 다만 스피커 기술이 다소 부족하다."라고 설명하니 북측 전문가가 손을 번쩍 들고 대답하는데 "그렇다면 안심하시요, 스피커 만드는 기술만큼은 우리가 세계 최고입니다." 하여 깜짝 놀란 한국의 기술자들이 시설을 한번 보여 달라고 하자, 그들은 남한 기술자들을 김일성 광장으로 안내하더니 바로 운동장 확성기를 틀어주면서, 어떻냐고 하며 몹시 자랑스러워 하더라는 것이다.

아마 대형 스피커를 이용한 선동선전에 능한 북측은, 엘지의 소형 전자기기의 정교한 시스템에는 문외한이었던 듯하다. 할 말을 잃은 한국 기술자들은 발길을 돌리는 수밖에 없었다. 참새가 하얀 눈을 아무리 열심히 설명해도 나비는 못 알아들을 것 같아 그냥 되돌아온 것이다.

사장교(금문교)

19 연구실의 불

-연공보국-

　요즈음 세간의 화두는, 일부 대학교수나 연구원들의 비리, 특히 자기 논문에 자격 미달인 자녀의 이름 끼워 넣기다. 사실 외국 유명 학술지에 논문을 게재할 수 있는 연구자는 우리나라 전체 학자들 중 1% 안에 들 수 있는 유능한 분들이다. 그런데 왜 그들은 이렇게 하지 않으면 안 되는가 의문이 든다. 아마도 자녀들도 공부 잘했던 과거 자신들 수준까지는 되어야 하는데 가망이 없어 보이니 마음이 다급해진 때문일 것이다. 옛날 왕조 시대에는 지식인들은 음서제라도 있어 자식 걱정을 덜 했으나, 오늘날은 자식 좋은 대학 보내기 위한 스펙 쌓기 등 부모가 온갖 후원을 해야 자녀들은 겨우 먹고살 수 있는 세상이 되어 버렸다.

서유럽에 위치한 화란의 '델프트'라고 하는 자그마한 교육도시가 있는데, 17세기 세계 최초로 현미경을 발명하여 인간의 정자를 관찰한 바 있는 '레벤후크(Anton van Leeuwenhoek)'의 실험실이 있어 유명하다. 제2차 세계대전 당시 그곳 델프트 주민들은 밤에 실험실 불이 꺼져 있으면 불안하여 잠을 못 이루고 모두 나와서 웅성거리며 서 있다가 불이 켜지면 그때서야 안심하고 집으로 들어갔다 한다. 그 후부터 이곳 실험실은 불철주야 불을 켜고 연구에 매진한다는 것이다. 그런데 우리나라의 현실은 어떤가. 학자들의 의견은 무시당하기 일쑤고 전문가를 사칭하는 일부 사이비 지식인들은 대중들에게 덤터기 씌우는 게 일상화되어 버렸다.

최근 정치인들이 우리나라 4대강 보의 철거 주장 이유 중의 하나로 발전용량이 제로에 가깝다 한다. 이는 보의 물을 방류하자 자연히 낙차가 줄어든 때문이지 4대강 사업 자체 때문이 아니다. 회원 수 2만 5천여 명의 학자와 기술자들만의 순수 학술모임으로 우리나라 유일의 대한토목학회가 있다. 2019년 7월 '대한 토목학회 원로회의'에서 4대강 사업은 여전히 필요하며 '통합 수자원 관리 차원'에서 검토해야 한다는 성명서를 내놓았다. 다시 말하여 4대강 사업은 비점오염물 저감과 같은 국가적 동력이 먼저이지, 보를 해체한다고 해결될 문제가 아니라는 주장이다. 도리어 지금은 바다의 적조현상이 4대강 사업 후 현저히 감소하고 있다 한다. 4대강도 이미 준공된 공사인데 흔들기만 할 것이 아니라 애초의 계획 진도와 보완이 먼저다.

기술적인 문제는 정치가가 아닌 이 분야 전문가들의 목소리를 경청할 줄 알아야 한다. 토목기술 덕분에 우리는 가뭄이란 단어가 생소해졌고 수재의연금 냈던 기억이 가물가물하다. 강대국 중국은 명약관화한 자국의 대기오염 발원마저 발뺌하고 있는데, 우리는 천성산 도롱뇽 사건 같은 비과학적 문제 제기로 수년을 허비했다.

미국 콜로라도 강 상류에 건설한 사막 속의 바다라 불리는 후버 댐도 당시에는 이해관계자들의 엄청난 반대에 부딪혔으나 불굴의 정신으로 200여 명의 사상자를 내고도 이겨낸 토목기술자와 미 국민의 성원이 없었다면 오늘날 라스베이거스의 휘황한 불빛은 보지도 못할 뻔했다.

우리나라 삼성 그룹이 80여 가지 다른 종류의 사업을 세계에서 유일하게 해나가고 있으며, 또 한국 GDP의 17%를 차지하고 있다. 어느 지역의 교육 책임자는 삼성이 노조 설립을 반대한다고 실습생도 안 보냈다. 우리나라가 남북통일이 될 때까지만이라도 냉혹한 국제무대에서 외롭게 싸우고 있는 기업들에게 유연

성을 발휘해야 한다. 미국의 일본 도요타 몰아내기와 중국 화웨이 죽이기는 남의 일이 아니다. 까딱하면 우리 기업은 외국인들의 사냥감 되기 십상이다. IMF 시절 온 국민이 공포와 불안에 떨었을 때 누가 나라를 구했는가…. 모파상의 비곗덩어리 루셰가 살아 있으면 무어라 말할 건가…. 그 당시는 쳐다보지도 않던 소위 동맹국이자 강대국 미국은 이제 우리나라 외환 보유고가 상당하자 피땀 흘려 모은 달러를 방위비로 내라며 호시탐탐 노리고 있는 게 국제 질서요 현실이다.

중국 시진핑의 소위 「신시대 중국특색사회주의 강조」를 읽어보면 그야말로 지금 우리나라는 백척간두에 놓여 있다. 한국의 주력산업인 반도체 생산에 사용하는 불산액을 수출 규제한 일본의 만행은 조선 시대 강화도 조약을 떠올리게 하고도 남는다. 핀란드의 노키아는 한때 휴대전화 세계 시장 점유율 40%를 차지했으나 마이크로소프트에 넘어가고 말았다. 반면 스웨덴 발렌베리(Wallenberg)그룹은 5대째 이어오며 16개의 자회사와 GDP 30%로, 스웨덴을 공산국 러시아나 나치의 위협을 물리치고 초일류 국가로 만드는 데 이바지하고 있다. 기업이 잘한 탓도 있지만 전 국민의 아낌없는 성원 덕이다. 애플 팀 쿡은 보답 차원에서 '실리콘 밸리'의 주택건설에 25억 불을 기증했다. 우리도 그런 날이 꼭 올 것이다.

서유럽에 가보면, 어떤 집 문패의 이름 위에 박사란 칭호를 덧붙인 경우가 간혹 있는데, 배달원이 그 앞에 가면 옷깃을 여미고 정중하게 우편물을 전달한다. 나는 우리나라 문패에 박사학위 소지자라 알리는 이는 본 적이 없다. 그러면 아마도 동네 웃음거리가 될 것이다. 서유럽의 대학은 5년제로 졸업하면 미국의 석사 학위와 같은 스몰 닥터를 주는데 통상 7년 정도 걸린다. 거기에 정식 박사학위를 취득하는데 도합 10여 년 정도 소요된다. 그러니 고등학교만 마친 우편 배달부가 존경할 만도 하다. 이는 마치 미얀마에서 탁발공양 하는 재가불자의 심정일 것이다. 자기는 그들보다 10년 정도 일찍 취업하여 돈도 벌고 인생을 만끽하는데…. 이는 자기 대신 희생하며 공부한 박사들의 덕분이라 믿기 때문이다.

　일본에서 지하철을 타보면 많은 승객들이 책을 읽고 있다. 이를 본 어떤 작가는 설명하길 일본인은 자리를 양보하기 싫어서 남과 눈 마주치지 않으려 일부러 독서하는 척한다고 알려주었다. 반면 우리나라 지하철을 타면 대부분 스마트폰을 드려다 본다. 다시 말해 우리 국민들은 별로 독서를 하지 않는다. 오죽하면 80년대 '존 애덤스 위컴 주니어' 미 사령관은 우리를 레밍(나그네쥐)에 비유했을까, 독서를 하지 않으니 옆 사람의 충동적 소문에는 쉽게 호응하지만, 반면 과학적 사고는 부족한 편이다.

비근한 예로 이웃 일본은 노벨상 수상자만 30명에 이른다. 다시 말하여 우리 기업은 일본을 바짝 따라 잡아가고 있지만 학문 쪽은 어림없다. 그래도 우리는 희망의 불이 켜진 연구실을 찾아내 격려해야 하고, 비과학적이고 선동적 무질서는 자립 공동체로의 월등한 사회시스템으로 하루빨리 전환해야 한다. 잘못하면 우리는 허구도 사실인 양 위장하는 스핀 닥터의 세 치 혀에 놀아날 수 있기 때문이다.

연공보국(이가원 휘호)

20 | 하천과 호소의 일본식 명칭

2014년 광복절 경축사에서 박근혜 대통령은 우선적으로 한반도의 생태계를 연결하고 복원하기 위한 환경협력의 통로를 만들어야 한다고 지적하고, 남북을 가로지르는 하천과 산림을 공동으로 관리하는 일부터 시작하여, 서로에게 도움을 줄 수 있는 협력사업의 확대를 강조했다. 또, 이러한 협력의 시동을 위해 오는 10월 평창에서 개최되는 '생물다양성협약 당사국총회'에 북측대표단이 참여하기를 희망한다고 했으며, 여기서 남북한과 국제사회 전문가들이 심도 있는 논의를 통해, 환경 공동체 형성의 길을 찾자고 호소한 바 있다.

지난 이명박 정부 시절에 내세운 대 운하계획이나 4대강 사업은 유역의 개발에만 초점이 맞추어졌지 수질환경보전이나 관련

법률의 정비에는 다소 소홀한 부문이 있었는데, 현 정부 들어 제대로 된 정책을 준비할 모양이다. 남북의 동질성 문제는 몇 가지 성명서 정도로 해결될 문제는 아니다. 백두대간은 한반도 남북을 이어가고 있고 임진강은 남북이 경계를 이루고 있다. 남북한 한글 통일화 이전에 우리부터 일제 잔재를 뿌리 뽑고 잘못 사용되고 있는 기술용어도 사전에 손질해야 할 것이다. 현안 중 하나의 예로써 대통령도 담화에서 천명한, 물론 한글 사전에도 나와 있기는 하지만, 하천(河川)과 호소(湖沼)란 용어를 들 수 있겠다.;

중국에서 강을 지칭할 때 남강북하(南江北河)라 한다. 다름 아니라 남쪽에는 창장(揚子江, Changjiang)이 있고 북쪽에는 황허(黃河, Hwangho)를 일컬음이다. 고대 중국에서는 강물 이름에 강(江), 하(河), 수(水)란 말 만 사용했다. 예컨대, '강'은 장강뿐이고 '하'는 황허에만 쓰였다. 나머지는 회수, 한수, 요수 등 '수'라 불렸다. 물론 지금은 요하, 흑룡강 등으로 바꿔 부르지만, 그런데 우리나라는 어떤가…. 강은 나랏법에 하천 그리고 저수지는 호소라 지칭한다. 무슨 말인가…. 바로 일본의 잔재물이다. '하'는 중국식으로 물을 가리키고 '천'은 일본식인 가와(川)로 이 둘을 합성한 외래어가 아닌가 싶다. 또 호소는 호와 소를 합성한 말이다.

우리나라는 진정한 의미에서 호라 지칭할 만한 곳이 별로 없다. 중국의 둥팅호(洞庭湖)나 일본의 비와코(琵琶湖) 정도로 넓은 자연호(Lake)라야 진정한 의미에서 호라 할 수 있다. 그런데 문제는 우리나라의 하천법이나 호소법은 일본의 법령을 거의 그대로 모방하여 제정했다. 그러다 보니 우리나라의 실정에 맞지 않은 대목이 허다하다. 실례로 요즈음 문제가 되고 있는 4대강 사업이 수질환경문제로 세간의 의혹을 사고 있는 것도 수질환경법 적용이 애매하기 때문이다.

강 상류에 대댐을 만들면 저수지가 조성되지만, 중·하류에 홍수터나 보(洑)를 만들면 유속이 느린 봇물이 형성되는데, 문제는 여기서 이 물을 관리하는데 하천법을 준용하느냐 아니면 호소법을 지키느냐가 관건이다. 봇물은 정체된 물(沼)이지만, 하천의 일부여서, 이 경우 강은 유수와 정체수가 혼재되고 있어 부영양화로 인한 녹조의 번성과 남조류 등을 먹고 자라는 큰빗이끼벌레와 같은 태형동물이 다수 출현되고 있고, 저니토 또한 문제여서 이를 방지할 수 있는 법적 근거를 조속 마련해야 한다. 우리나라는 그동안 이에 대한 연구가 부족하고 법령이 미비하다 보니 온 나라가 4대강 수질관리 문제로 시끄럽다.

백두산 용왕담이나 한라산 백록담은 자연호이고, 소양호나 팔당호는 인공저수지다. 또 삽교호나 새만금호는 유수지(遊水池)의 개념에서 접근해야 한다.

21 | 백분율이란 허상

언젠가 한국의 한 유명 정수기회사의 선전 로고에 보면, 지하수나 수돗물을 여기에 통과시키면 물의 순도가 99.9%(百分率)라며 아주 깨끗한 음용수 제조기라 자랑했다. 물관리 전문가 입장에서 보면 어이가 없다. 99.9%란 금의 순도로 보면 틀림없는 24K 순금이다. 그러나 물의 경우는 측정단위가 다르다. 물의 흐린 정도를 정량적으로 나타내는 탁도(NTU)로 환산해 보면, 99.9%의 수질은 대략 탁도 1,000에 해당되는데, 현재 서울시에서 시민에게 공급하는 아리수의 탁도는 0.1~0.2이고, 홍수 시 소양강댐 흙탕물의 탁도는 10~40 정도이다. 무언가 정수기의 자랑에만 골몰하다 보니 물을 순금과 대비하다 엉뚱한 수치가 되어버린 듯하다. 과학이란 아주 정확한 표현이 필요한 분야다. 특히 백분율을 설명하는데, 무심코 기술했다 간 여간 낭패가 아닐 수 없다. 과학적으로는 순수(純水)란 존재하지 않는다. 그러나 인문학적 관점에서 보면 100% 순수(純粹)란 말도 흔히 쓰인다. 그런가 하면 금융가에서는 베이비스텝에서 빅스텝 그리고 자이언트스텝까지는 0.75%포인트 미만이고 거기에 불과 0.25를 더하면 울트라라 칭한다. 같은 과학적 표기라도 학문의 영역에 따라 퍼센티지란 그야말로 천차만별이라는 뜻이다.

  서울 88올림픽이 끝나고 나서 한번은 노태우 대통령 시절 관저의 수도꼭지에서 녹물이 나왔다. 그래서 대통령 집무실도 이 정도이니 일반 가정은 어떨까 하고 긴급 상수도 시설 점검을 지시한 일이 있었다. 그러자 관계장관이 상수도 관계자 몰래 대학의 관련 교수로 하여금 현장을 직접 방문조사 해주도록 협조 요청이 들어와 나도 실사에 참여한 일이 있었다. 그때 어느 읍 급 상수도 시설을 방문했는데, 수돗물 꼭지에서 잔류 염소량이 기준치의 수백 배가 검출되었다. 깜짝 놀라 원인을 알아보니 평소에 비치만 하고 사용치 않던 소독용 염소를 방문조사 직전에 과량 투여한 것이다. 사실 19세기 콜레라 대유행 시 '이는 수인성 전염병으로 밝혀져' 염소 소독이란 저렴한 가격과 간단한 투하만으로 콜레라 역병을 일거에 잠재웠다. 염소는 나치 독일이 유대인 살상용으로 쓰일 만큼 맹독성 물질인데 반면 이렇게 유용하기도 하다. 비록 처리 수 속에는 인체에 해가 없는 소량의 유기질 즉 전구물질만 있어도 염소와 반응하면 THM이라는 발암 물질이 생성되므로 소독용 염소의 투입은 신중을 기했어야 했다.

뿐만 아니었다. 주민들 이야기를 들어보니 상수도 물에 지렁이가 나온다는 것이다. 내가 깜짝 놀라 사정을 알아보니 기가 막힐 노릇이다. 고지대에 사는 주민들은 낮에 수압이 낮아 밤에 큰 물통에 비닐 호스로 연결된 수도꼭지를 틀어 놓아야 잠자는 시간에 물을 받을 수 있다. 그 누가 잠을 안 자고 수도꼭지를 지킬 것인가…. 그런데 밤에 수압이 변하면서 비닐 호스가 춤을 추다가 시궁창에 틀어박히게 되고 새벽에는 부압이 발생되어 역으로 지렁이까지 빨려 들어가 상수도 본관으로 섞여가기 때문이었다.

비슷한 사례가 또 있다. 1991년 낙동강 중류 구미공단의 한 전자회사에서 쓰는 페놀 원액이 관리 부실로 새어 나와, 대구 일원에 공급하던 '다사 취수원'까지 흘러들어와 악취가 심하다는 민원이 돌자, 정수장 측은 낙동강 물 수질이 원래 나빠 냄새가 자주 발생하는 고로, 이럴 때는 수돗물에 소독용 염소를 과다하게 흘려보내면 염소 냄새는 늘 상 시민들이 그러려니 하고 면역이 되어버렸으니 이를 통해 간단히 민원을 잠재울 수 있었다. 그런데 여기서 문제는 염소소독이 화근이 되었다. 염소는 페놀과 반응시 수십 배에서 수백 배까지 냄새와 독성을 유발하는 클로로페놀로 변한다. 이는 일본의 진즈강(神通)에서 발생한 카드뮴 유출로 인한 '이타이이타이병'에 버금가는 환경재앙으로 관계자들의 무식이 낳은 소치였다.

오래전에 한 정수기 판매자가 나에게 찾아와 제품을 그럴 싸하게 홍보하며 평가를 부탁하는데 이야기를 들어보니, 역삼투압식 정수기로 공업용 기기여서 거절했다. 지하수나 수돗물에 직류 전류를 흘리면 음극에는 미네랄 성분 중 양이온이 양극에서는 음이온이 각각 용출되어 마치 오염된 물처럼 보이나 역삼투압기를 통과한 물은 미네랄이 여과되어 없어지기 때문에 이온 형성이 안 된다. 그러니 비전문가의 눈에는 훌륭한 정수기로 평가받을 수밖에 없다. 눈을 현혹시키는 고도의 상술이다. 미네랄은 우리 몸에 꼭 필요한 성분이고 100%의 순수한 물은 도리어 배탈이 나거나 먹을 수 없는 물이다. 그래서 "햇빛도 때로는 독이다."라는 말이 있다. 따라서 음용수에는 적당량의 광물질이 필요하다.

가끔 나는 100%와 99.9%란 차이가 우리에게 무엇을 의미하는 것일까 자문해 본다. 선거에서는 51%만 받으면 대통령도 될 수 있고 금의 순도가 99.9%이면 순금이고 수능에서 99.9%면 한국은 물론 세계 어느 대학도 갈 수 있다. 그런데 물은 그 정도면 썩은 물이다. 거기에 퍼센트 간의 차이는 '퍼센트 포인트'인데 보도는 흔히 구별하지 못하는 경우가 종종 있다. 물에서 대충이란 숫자의 표현은 무의미한 경우가 많다. 극미량이라 거나 저 독성이라 선전하는 생활화학물질 때문에 단지 0.0002%의 화학물질이 포함된 양키 캔들이나 가습기 참사라는 끔찍한 사건도 있었는데, 이는 농도와 함께 반복성 또한 문제다. 국내의 최대 가전업체 어느 정수기 선전에서 보면 노로바이러스를 99.99%까지 제거 가능하다는데, 이는 비세균성으로 입자 크기가 27~40nm로 10~100개 정도의 개체만 남아도 숙주가 있으면 식중독을 일으킬 수 있다.

반면 수인성 전염병을 일으키는 콜레라균(Vibrio cholerae)은 보통 크기가 바이러스의 1,000배가량으로 99.99%의 제거율이면 안심하고 음용해도 된다. 듀폰사의 테프론 코팅 오븐 제품도 불소성분이 고열을 반복 사용 시 환경 호르몬이 문제라는 데 편의성과 독성 사이에서 논란은 과장될 수도 있다. 가끔 뉴스를 보면 독성물질이 세계보건기구가 정한 수치의 수백 배가 들어 있다는 보도가 나와 사람들을 깜짝 놀라게 하는데, 기준치란 애매해서 2배만 더해도 치명적이 될 수도 있고, 또 어떤 물질은 수십 배가 되어도 별문제가 아닐 때도 있다. 그래서 음용수 수질기준은 국제기준이 있고 동시에 유럽기준이 따로 있다. 아프리카 같은 저개발 국가는 유럽기준을 따라가는 것은 아예 불가하기 때문에 국제기준을 권장한다. 더 나아가서는 표준(Standard)와 목표수질기준(Goal)이 공존한다.

요 몇 년 동안 코비드19 팬데믹에 관한 보도를 보면 선진국, 후진국, 제약회사, 전문가교수, 실무행정가는 물론 고위관리나 정치가들은 각자의 입장에서 그저 편한 대로 주장 하는데, 발표 당시에는 그럴싸하게 들려도 바로 잊어버리고 종래에 가면 국민들만 피해를 본다. 바로 퍼센티지라고 하는 통계 놀음 때문이다. 거기에 샤이 양성자까지 나와 한몫한다. 한국은 케이 방역이라며 국가가 총동원되었는데도 불과 한 달도 안 되는 사이에 양성자가 백배 이상 많아졌다. 세계최악이다. 세상에 어찌 이런 일이 일어난단 말인가 그야말로 경천동지할 숫자다. 제약회사는 처음에는 한 번만 맞아도 90% 이상 예방이라 선전하더니 이제 와서는 4차접종까지 권한다. 어떤 독일 남성은 하루에 백신을 3번 맞고도 멀쩡하다는 뉴스가 나왔다. 그저 돈 없는 후진국만 숫자 놀음으로 골탕 먹이는 제약회사와 이를 모른 척하며 국가의 부라고 은근히 지원하는 선진국 들의 행태다. 그러나 우여곡절 끝에 팬데믹이 종지부를 찍고 나면 선진국이나 후진국이나 모두 국가적 노력과 비용에 비해서 피해는 비슷할지 모른다.

2022년 미국 연준에서 한꺼번에 기준 금리를 0.5%포인트 (50bp) 올리면 빅스텝이라 하는데 거기에 0.75%포인트를 더 올리면 '자이언트스텝'이라 부르며, 미 역사상 엄청난 기준 금리이고, 이러면 세계 경제가 일시에 흔들린다. 일상적으로 개인이 하는 소수점 단위의 은행거래는 우리는 간과하기 일쑤인데 연준에서 올리면 날벼락이다. 빅스텝이나 자이언트스텝이란, 단어가 말하듯 엄청난 크기의 숫자를 암시하고 있고, 거기에 거인을 뜻하는 몬스터를 1%포인트도 안 되는 용어에 갖다 붙이는 건, 과도한 숫자 놀음 같다. 같은 과학적 표기라도 학문의 영역에 따라 느낌이 전혀 다르다는 뜻이다.

2022년 수학의 노벨상이라 불리는 '필즈상'을 수상한 한국의 수학자 허준이 교수는 그야말로 100% 순수한 수학자라 한다. 그를 추천한 일본의 히로나까 헤이스케 교수는 '소심심고(素心深考)'를 학문의 신념으로 하며 살라 했다. 소심이란 순수함을 의미한다. 또 2022년 미국의 판 클라이번 피아노 콩쿠르 대회에서 세계 최연소 나이로 우승한 18세의 한국인 임윤찬 군에게 수상 소감을 기자가 묻자 '기쁜 마음을 품으며 연주하면 신들린 듯 연주가 잘되는데, 반면 우울한 상태에서는 연주가 엉망이 된다며, 신라의 가야금 명인 우륵의 정신을 항상 마음에 새기며 피아노를 친다고 말했다. 이 소년의 열정이야말로 100% 순수함 그 자체다. 그 마음 변치 않기를 간절히 바란다.

지역개발의
기억

22 하이트 맥주

하이트 맥주의 하이트(Hite)란 말은 원래 영어의 높음(Height)이 란 단어를 발음 나는 대로 표기한 것이다. 하이트 맥주의 역사는 조선 맥주에서 출시된 크라운 맥주(1933년)로부터 시작되었는데, 이 조선 맥주는 동양 맥주와 경쟁관계에 있는 회사였다. 당시 동 양 맥주가 호남공략을 목표로 광주에 공장을 신축하자 위기를 느낀 조선 맥주는 경상도를 거점으로 한 한독 맥주 마산 공장을 인수하였다. 그 후 1980년 완주군 용진면에 88,000평의 부지를 확보하며 호남권 공략을 시도하였으나 전북도청 국장급 위원회 에서 공장설립 허가가 부결되고 말았다. 그 이유는 만경강 하류 환경오염의 피해를 걱정한 익산 시민들의 반대 때문이었다. 그 러다가 1982년 전주상공회의소 김철호 회장의 중재로 다시 공장

설립을 추진하기 위한 움직임이 일었는데, 그 명분을 확보하기 위해 전주상공회의소에서 필자에게 공장설립에 따른 환경 피해 조사용역을 의뢰하였다.

익산시에서 공장설립을 반대한 주민들은 대부분 익산시 소재 개업 의사들이 중심이었는데 그들은 세수입은 전주에서 챙기기 때문에 익산지역은 별 볼 일이 없고 또 만경강 상류 고산천 물을 이용하게 되므로 하류인 익산시의 수량 부족과 폐수 배출로 인한 피해를 염려하였다. 이러한 이유 때문에 익산시 주민들은 공장을 지으려면 아예 전주공단에 두라고 의견을 내세웠다. 이 의견은 맥주공장을 짓지 말라는 말과 다름없었다. 어떤 바보가 공업단지에 술공장을 세우겠는가….

그래서 필자가 보고서에서 제안한 내용은, 만경강 상류 고산천 표류수 사용 대신 심층 지하수 개발을 통해 하류의 피해를 막자는 것과 공장폐수는 법정 수치까지 처리하고 하수관을 연결하여 전주공단 하류 삼례지점에 방류하자는 것이었다.

이러한 내용의 보고서를 가지고 당시 전주 상공회의소 김용엽 사무국장, 전북대 화공과 정우철 교수, 자원공학과 김옥배 교수, 전북일보 양재숙 대기자 등이 함께 서울 영등포 크라운 맥주공장에 가서 박 모 회장을 만나 설득하였다. 그러나 박 회장 이 말하기를 자기는 중앙에 정치적 배경도 있고 하니, 공장설립에 별 문제가 없다고 시큰 둥 대하였다. 결국 거액의 돈을 들여 지하수

개발이나 하수관 매설에 대한 의사가 없다는 거절의 대답만 듣고 돌아왔다.

그런데 그 후 어찌 된 영문인지 우리 의견을 받아들여 심층 지하수 개발과 완벽한 폐수 처리를 하는 조건으로 1988년 기공 후 1989년에 공장을 완공하여 오늘에 이르고 있다. 그리고 나서 크라운 맥주가 용진면의 지하수를 이용해 맛좋은 맥주를 생산한다는 선전이 좋은 반응을 얻자 아예 이름을 심층 지하수를 뜻하는 하이트 맥주로 개명하게 된 것이다. 나중에 그곳 직원으로부터 박 회장이 갑작스레 완고한 의사를 꺾게 된 이유를 알 수 있었는데, 박 회장의 부인이 꿈에서 용진면 종남산 지하수를 개발하라는 말을 듣고 마음을 바꿔 거액을 투자하게 된 것이라 하였다. 믿을 수 있는 말인지는 모르지만…. 여하튼 하이트는 완주 전주 익산 시민들에게 한 발 더 다가서는 자세가 필요하다.

23 한글날 아침에

-아리울-

세종대왕의 훈민정음 반포야말로 우리 민족의 최대 경사다. 한글 없는 우리나라는 독립을 운운할 자격도 없을 것이고 민족의 수치다. 만일 한글이 없었더라면 지금쯤 한반도는 한자를 공유하는 중화의 한 변방 성 정도였을 지도 모른다.

그런데 중국 여행 중 중국인들을 만나면 한글에 관한 이야기는 전혀 다르다. 그들의 주장은, 한글이란 원래 원나라 '쿠빌라이'가 중국 천하를 정복한 후 표의문자인 한어를 대체하기 위해 만든 몽골어용 파스파 문자를 세종대왕이 재탄생시킨 일에 불과하다는 것이다.

그 증거로 한문은 상형문자에서 출발하여 전서를 거쳐 오늘날의 번체나 간체까지 수천 년을 지나오며 발전해 왔는데, 조선이 불과 1~20년 만에 그런 훌륭한 문자를 만들 수 있겠냐는 주장이다. 필자는 대꾸하길 중화가 그리 훌륭하면 어찌 미개국 몽골 '칭기즈 칸'의 말발굽 아래 그들의 종노릇 한지 몇 천 년이었는지 부끄럽지도 않으냐고…. 그뿐인가 5,000여 년간 이어온 자국의 문자도 제대로 해석하지 못하여 한문 자전을 일본인 '모로하시 데쓰지'가 편술한 『대한화사전』에 의존하고 있다고….

일본 사람들은 한글의 원본은 일본의 '신대 문자(阿比留文字)'를 훔쳐 만든 것이라고 비아냥거린다. 심지어 한글학회에서 발행한 『우리말 큰 사전』마저 『일본 국어사전(고쿠고지텐)』을 베낀 것이라고…. 필자도 답하길 일본 문자인 '히라가나'야 말로 한자의 초서를 모방한 글이라고 응수했다. 기실 한글은 그 창시의 실마리도 중요하지만 한글이 우리 민족의 역사와 문화 창달에 기여함에 더 큰 의미를 부여해야 한다.

광복 후에도 한글 굴림체는 일본인 나카무라에 의해 '가타가나'용으로 개발된 '나루체'를 한글용으로 변형한 우리 글자 인쇄기계를 일본에서 수입 사용해 왔다. 다행히 한글 폰트를 개발한 제이의 주시경이라 불릴만한 금석호 씨와 같은 애국자가 있어서 다행이다.

역사의 논쟁은 끝이 없다. 세종 때 최만리가 한글을 극구 반대한 이유도 그 당시엔 세계어인 한문을 도외시하면 우리나라만 변방국으로 처진다고 생각했을 것이다. 요새로 보면 영어 못 쓰게 하는 것과 비유는 된다. 그러나 그 저변에는 쉬운 한글을 터득하면, 일반 백성과 한학자 간 지식 차가 좁혀지고, 민중이 깨어나 양반들은 기득권을 상실할 것을 염려해서다.

언어는 늘 문명과 그 궤를 같이해야 한다. 좋은 예가 조선 말한글 성서의 보급으로 일반 민중이 깨우쳐졌다. 북한이 한글 전용에 심혈을 기울이는 것을 보면 잘하는 일이라고 칭찬해주고 싶기도 하지만 한편 우려도 된다. 지금도 그들은 중국의 시진핑 주석을 습근평(習近平)이라 부른다. 언어는 시대 변화에 부응해야지 그렇지 않으면 세계 문명을 소화하는데 어려움이 뒤따른다.

1980년 광주항쟁 이후 전남은 정부의 전폭적인 지지하에 비약적인 발전을 거듭하고 있는 반면 같은 호남지역인데도 전북은 크게 소외되어 있다고 생각하는 지역민들이 많았다. 전북사람들은 가만히 있으니까 '(쌀)가마니 취급하기냐'는 분위기였다. 그러자 당시 대통령인 전두환이 전북지사에게 불평만 하지 말고 대안을 마련토록 지시했다. 하명을 받은 도지사는 1985년 산하에 '전북도 지역계발 계획 위원회'을 조직하였고 필자를 포함한 학,

산, 관 인사들이 참여하였다. 여기서 도출한 안이 바로 '새만금 사업'이다.

한편, 이 사업을 주관하고 있는 한국농어촌공사는 전북도와는 별개의 독자적 추진이라는 점을 강조한 것으로 보이는데, 공사 홈 페이지를 통해 주장하는 새만금의 명칭이란, 1987년 11월 2일 정인용 부총리 주재로 개최된 관계 장관회의에서 황인성 농수산부 장관이 처음으로 "만경평야에서 만 자를 채택하고 김제평야에서 금 자를 따온 후, 매립되는 지형이 만경강과 동진강 하구를 꼬리로 하고 방조제 모서리 부분에서 고군산군도의 섬과 연결되는 지점을 머리로 했을 때 마치 날아가는 새의 모양과 같다고 해서 붙여진 이름이다."라고 하면서, 이중 만금의 사전적 의미는 '썩 많은 돈이나 소중한 것'이라고 사족까지 곁들였다. 왜 이런 주석까지 달았는지 모르겠고, 더욱이 황 장관의 임기는 1985. 2. 19.~1987. 5. 18.까지였다.

일반 개인의 이름을 짓거나 그 이름을 해설하는 일 도 신중에 신중을 기해야 할 터인데, 하물며 공기관이 어떤 이름을 사용할 때는 더욱 주의해야 한다. 엄밀히 말하면 새만금에서 만 자는 만경강을 의미하지 만경평야를 의미하지 않는다. 만경평야란 김제평야와 중복되며, 과문하지만 꼬리 둘 달린 새란 나는 들은 바가 없다. 새만금 주변 도로를 달리다 보면 한자어로 신만금(新萬金)이란 안내판이 자주 눈에 띈다. 새(鳥)와 신(新)중 어떤 게 맞는지 짐작이 가는 대목이다.

2010년 정부(정운찬 국무총리실)는 새만금이라는 이름은 외국인들이 발음하기 어려우니 글로벌 네임으로 '아리울(Ariul)'을 병행 사용한다고 공표하였다. 이의 의미란 "'아리는 순수 우리말로 물을 의미하고 울은 울타리를 뜻하니' 바로 '물의 도시'를 이른다."라고 해설했다.

그러나, 아리울이라는 신조어가 얼핏 듣기에는 그럴싸하게 들릴지 모르지만, 한글학회에서 발행한 우리말 큰 사전에 보면, 아리란 '자리, 갈이, 그저께의 방언, 또는 크다, 속임수의 옛말 등'이라고 쓰여 있고, 다른 사전 어디에도 아리란 말이 물이라고 설명한 곳이 없다. 나는 명색이 40여 년 동안 물을 전공하였으나 아리가 물이란 말을 한 번도 들어 본 적이 없다. 예나 지금이나 물의 순수한 우리말은 물일 뿐이다. 더구나 울이란 울타리의 준말로 이의 뜻은 '속이 비고 위가 트인 것의 가를 두른 부분'이라고 했지 도시나 터전이라고 한 설명은 찾아볼 수가 없다.

아리울과 비슷한 단어로 '아리수'란 말 이 있기는 하다. 서울시 수돗물을 상표 등록한 것으로 한강의 옛 이름이다. 서기 414년 고구려 제20대 장수왕이 현재 중국 지린성 퉁거우에 세운 '광개토대왕릉비'에 새겨진 글을 보면 "광개토대왕이 아리수(渡阿利水)를 건너 백잔(百殘, 백제의 비칭)에 진격하여."라는 문구가 나온다. 여기서 '아리수'란 지금의 한강을 말한다. 허나 호태왕비가 발견된 19세기 이전은 물론 그 이후 어떤 문헌에도 아리수란 이름이 소개된 바가 없다. 다시 말하여 아리수 자체도 순수 우리말인지 의심스럽다는 뜻이다.

참고로, 물을 가리키는 고어에는 한(漢), 패(浿), 사(泗) 등이 있다. 대표적 예로, 한강은 한수, 대동강은 패수, 만경강은 사수라 불렸다. 아리울이란 말이 아리수를 연상시킨다면 혼란이 올 수도 있다. 새만금은 한강이 아니라 사수 즉 만경강 하류에 있기 때문이다.

새만금을 외국인들이 발음하기 어려우면 그들에게 우리말을 가르치면 그만이다. 세계 어느 나라에 외국인들을 위하여 국가차원에서 자국어를 도 외 시 하면서까지 새 이름을 지어준 일이 있는지 모르겠다. 사례가 하나 있기는 하다.

중국인들이 한국의 수도 서울을 한성으로 표기하는 것에 불만을 가진 서울시가 2005년 이명박 서울시장 재임 시 아이디어를 내 서울을 중국어로 수얼(Shou'er, 首爾)이라고 공표했다. 하지만 공항 등 운수기관 이외에는 같은 한문권인 일본에서조차 이를 사용하는 것을 나는 본 적이 없다. 한국의 축구 감독을 역임한 '거스 히딩크(喜東丘)'를 중국인들은 음역어로 '시딩커(希丁克)'라 부르나 이는 네덜란드인들이 지어낸 이름이 아닌 중국어의 표기 문제인 것이다.

아리울이란 말이 세계인들이 이해하고 발음하기 쉽게 신조어로 만들었다는데, 영어 다음으로 세계에서 가장 많이 사용하고 있는 글인 한문으로는 어떻게 표기해야 할 것인가 까지를 고민했어야 하지 않을까 생각한다. 아리울의 영문표기는 현행 '한글 로마자표기법'에 준용하여 잘 만들어졌으나, 혹여 외국인들 일부가 아리울을 잘못 발음하여 '에이리을'이나 '어라이을' 따위로 발음한다면 정부의 의중에 흠이 될 수도 있다.

또 새만금을 한자어로 신만금(新萬金)이라 표기하는데, 용어 중일부 글자는 현재 중국어로 사용치 않고 있으며, 중국인들은 이를 간체자로 '신완진(新万金, Xin wan jin)'이라 발음함도 유념해야 한다.

그런데 일반인이나 교육기관에서는 무슨 좋은 이름이라고 '아리울 모텔'이니 '아리울 낚싯배' 등 대단한 발견이라도 한 냥 무심코 사용하고 있다. 심지어 군산의 어떤 초등학교는 학교의 슬로건 중 교명을 '아리울'이라 했는데 이는 '생명의 근원 물의 울타리 아리울 터'라 하였다. 이 또한 잘못 사용된 이름이다.

　우리나라 교육법 중 초등학교 교육 목표 제5항에 의하면 "일상생활에 필요한 국어를 정확하게 이해하고 사용할 수 있는 능력을 기른다."로 되어 있는데, 지하의 세종대왕께서도 이 사실을 아신다면 크게 진노하실 것이다. 한 정부 관리의 한글에 대한 잘못이해가 파급된 이런 사례는 엉뚱하게 영향을 주고 있어서 유감이다. 한글날을 맞이하여 우리글의 존엄성을 다시 한번 깨우쳤으면 한다.

24 벽골제 소론
-벽골제는 저수지가 아니다-

벽골제란

전북 김제시에서 광막한 남쪽 벌판으로 부안 가도를 달리면 약 6km 되는 곳에 부량면 포교리에 이른다. 이 포교리에서 남쪽 명금산 북단까지 엇비슷하게 뻗쳐 있는 둑(堤防)을 바라볼 수 있으니 이것이 곧 유명한 김제 벽골제의 제방인 것이다.

김제를 옛 마한 시절에는 벽비리국이라 일컬었고 백제 시대에는 벽골군으로 불렀었다. 이는 벼(稻)의 골이라는 뜻으로 도향의 이름인 것이다. 이러한 지명의 연유로 벽골제는 백제 시대에 축조되었다고 하여 고어로 벼골의 둑이 한자로 벽골제라 표기된 것은 이두 표기에 기인한 듯하다. 여기에 우리나라 최고 최대의 수리저수지가 나타나게 되었으니 그것이 바로 벽골제인 것이다.

소백산계의 노령정맥인 모악산과 상두산을 비롯하여 군소연봉의 서북에서 발원하는 풍부한 수원을 이에 저류시켰다가 금만경평야를 위시해서 정읍시, 부안군 일부 등 3개 시·군의 관개 몽리에 이용하였으니 왕년의 도작 문화의 발상지와 기원을 가히 추찰할 수 있다.

지금까지 여러 사료에 의해서 미루건대 백제는 3세기 말에 마한의 국읍을 아우르고 노령정맥 이북까지 진출하였다가 4세기 후반 초 근초고왕 대에 노령 이남의 마한잔존세력을 항복시키고 현 전남 해안지방까지 판도를 넓혔다. 기년상으로 고이왕으로부터 근초고왕조 대에 이르는 80여 년간은 고대국가 발전의 준비 기간으로서 마한세력을 완전히 장악하고 기후가 온난하고 넓은 평야를 지닌 서남지방이 지배하에 들어오자 특히 수전도작을 장려하고 관개시설의 대역사를 일으켜 경제적 기반을 다져 나갔다. 전북지방의 황등제, 벽골제, 고부눌제 등 대규모의 저수지를 설치한 것도 이 무렵의 일이다(김제의 전통에서).

벽골제의 토목공학적 해석과 방수제 가능성

벽골제 축조 시기는 백제 시대(서기 330년)이고 제방 규모는 길이가 3.3km, 높이 5.7m, 상단폭 10m, 하단폭 21m이며 축조목적은 농업용 저수지 제방으로, 하류의 관개 면적은 2시 1개군(김제, 정읍, 부안) 10,000ha(약 3천만 평)이라고 사적 제111호에 기술되어 있다.

위의 내용을 알리는 작업은 주로 인문사회학자들에 의하여 실시되었는데, 정확한 고증을 위해서는 토목기술자들의 견해도 필요하리라 생각된다. 벽골제의 축조목적이 주지된 것처럼 농사용 저수지라고 할 때 공학도의 입장에서 몇 가지 의문 시 되는 점은,

첫째, 벽골제의 축성 시기는 삼국사기 신라기를 근거로 신라 흘해니사금 21년(서기 330년)을, 벽골군이 당시는 백제 고토이어서, 후세사가들이 백제 비류왕 27년(서기 330년)으로 고쳐 썼는데, 이는 잘못 기록된 사적을 근거로 기술된 내용이어서 참고자료에 불과하다.

둘째, 제방 길이가 3.3km, 높이가 5.7m라 했는데 전 세계적으로 이만한 길이의 인공제방에 이처럼 낮은 높이의 저수지에 관한 유사사례를 찾기 힘들다. 더구나 설계도도 없는데, 토목 구조물을 축조 후에 그 규모를 계측하기란 쉬운 일이 아니며, 우리나라는 역사상 수없이 외세에 의하여 척관법 등 도량형 제도가 바뀌어와서 과거의 기록을 믿기가 어렵다.

현재도 사적 제111호 입간판에 보면, 길이 단위를 넓이로 오기했고, 상단폭은 9.09m(30尺)인데 10m로 표기했으며, 제방 높이도 5.15m(17尺)인데 5.7m로 기록했다. 더구나 「김제 벽골제 발굴보고(충남대)」에서는 1자(尺)를 0.25m로 환산했는데 도량형 표기를 임의로 고쳐쓴 것은 작위적이어서 납득하기가 어렵다.

셋째, 제방의 상단폭은 10m이고 하단폭은 21m라 했는데, 이

정도 규모로는 누수방지를 위한 점토심시공이 불가능한 데다가 점토심이 없다면 누수를 막을 방법이 없다. 또한 압성토에 대한 기록이 없는데 압성토 시공을 하지 않았다면 부등침하가 발생하고 따라서 제방 기능 유지가 어려웠을 것이다.

농업용 수원보라면 제방의 법면 구배는 대략 1:2.5 정도여야 사면이 안정적이고 또 저면의 폭이 커야 토압분산으로 제방유지가 가능할 터인데, 그러려면 5.7m 높이의 제방은 적어도 상단폭이 3~5m, 하단폭은 30~40m가 되어야 한다.

넷째, 통수문이 5개(개당 폭이 4m)라 하는데 이 규모로는 홍수 시 수위·수량조절이 불가능해 보인다. 벽골제 수문 돌기둥이 15자(약 4.5m)이고 그중 1/3이 땅속에 묻혀 있다고 기록하였으니 실제 수문 깊이는 10자(약 3m)이다. 따라서 사수위와 상단 여유고를 감안하면 벽골제의 최대수심은 2m에 불과하다. 「벽골제의 수공학적 고찰(이장우)」에서 보면 벽골제의 설계홍수량이 $700m^3/sec$이라는데, 그러면 유속이 약 17.5m/sec으로 계산되며, 통수문 1개당 1일 1천 2백만 톤의 유량을 방류할 수 있어야 한다. 이 정도 유속·유량이면 월류시설도 없는데 당연히 홍수배제 불가다. 참고로 전북 완주 소재 대아댐의 홍수 배제 시 유속은 약 4.9m/sec으로 계산된다.

다섯째, 관개 면적이 2시 1개군 1만ha라 했는데, 이 정도 농지면 대략 5천만 톤 규모의 농업용수가 필요하다. 그러나 벽골제의 예상 유효수심은 1~2m이고, 저수 용량은 1~2천만 톤 정도로 추정되어, 관개용수가 턱없이 부족했을 것이라 예상된다. 더구나 호수는 수심에 비하여 수면적이 넓어 증발량이 많게 되고, 하류의 몽리구역은 천정천이 발생하게 되어 관개 배수가 어렵다.

위에서 언급한 내용을 통해 알 수 있듯이 벽골제는 농업용 저수지 용도로 축조되었다기보다는 동진강수계 해수유통을 차단시키기 위한 방수제일 가능성이 높다. 백제 시대에 바닷물이 벽골제 상류까지 들어왔을 것으로 추정되는 근거로는 김제시 일원에 조개무덤이 있었다는 기록을 들 수 있다. 즉 바닷물이 벽골제 상류까지 흘러들어와 이를 막기 위한 방수제가 필요했을 것이다. 실제로 이웃 만경강의 경우, 전주팔경의 하나인 '동포귀범'에서 보듯 최근까지도 완주 용진 마그네다리까지 해수가 들어왔음을 확인할 수 있다.

벽골지의 탄생

벽골제는 전북 부안의 계화도 공사와 유사하다고 생각된다. 동진강 및 계화도 간척사업의 부산물로 청호지가 탄생되듯, 벽골제를 중심으로 상류 일부는 벽골지가 자연히 탄생하고, 나머지는 해수침해 방지가 가능하여 경작면적이 증대될 수 있다. 다시 말해 방수제라면 하류는 벽골제 저류수로 관개용수 공급이 부분적으로 가능하고, 제방 상류는 염해차단으로 경작이 가능하다고 본다. 현재 벽골제가 흔적만 남아 있는 이유는, 하류로 동진강 수계 방수제를 쌓아갈수록 해수침해가 줄어들기 때문에 방수제가 필요 없게 되었을 것으로 추측된다.

통일신라 시대 서민들의 먹거리는 주로 피, 보리, 밀, 기장 등이었고 귀족들만 쌀밥을 먹었다. 이처럼 귀한 벼의 가치는 황금과 비견될 만한 것이기에 이를 반영하여 벽골군의 명칭을 김제군으로 바꾸었다 한다. 벼농사를 위해서는 농업용 저수지도 필요하지만 더 중요한 것은 바로 농토인데, 이를 확보하기 위해 방수제를 쌓아 염수피해 지역을 옥토로 만들었을 가능성이 높다. 그러나 이와 반대로 벽골제의 축조 목적이 농업용수 공급이라면 제방축조로 인한 수몰면적은 1,000ha 이상이 되었을 것이다. 만약 이곳을 경작했다면 3만 석 이상의 벼생산이 가능했을 것인데, 1,000ha나 되는 경작지를 저수지화 했다면 이는 마치 '소경 제닭 잡아먹는 꼴'에 비유할 수 있다.

위의 내용들을 종합해 볼 때 필자는 방수용으로 벽골제가 축조되었으리라 주장하고 싶다. 그 후 통일신라, 고려, 조선, 일제 강점기를 거치는 동안 대대적인 동진강수계 방수제를 쌓아왔고 오늘날에 이르러 계화도 간척 등으로 이 일대가 해수침수에서 벗어나서 옥토로 변신해 왔다. 다시 말해 오늘날의 김제, 부안, 정읍, 옥구 간척사업은 4세기 벽골제 공사로부터 시작하여 1,700년이 지나서야 동진강 만경강이 해수침해로부터 완전히 해방된

금세기 새만금 방조제에서 완성된 것이다.

방수제와 관련된 벽골제의 역사 기록

벽골제의 축조와 관련하여 농업용수 수원으로의 용도가 그 수축의 주목적이 아니고 방수제라고 보는 이유를 과거의 몇 가지 역사 기록을 통해서 조명해 보면,

첫째, 통일신라 문성왕 8년(서기 846년) 장보고 사후 청해진 폐쇄로 그곳 2천여 민호를 벽골군으로 강제 이주시켰다는 기록이 있는데, 이는 그들의 노역을 통하여 김제, 부안 등 동진강 유역의 간척·방수공사에 투입했을 것으로 추측된다.

둘째, 인공저수지 제방은 축조하기도 어렵지만 허물기도 쉽지 않다. 자칫 잘못했다가는 하류에 대재앙을 불러오게 되고 민원에 시달려야 한다. 고려 인종 21년에 중수한 벽골제는 3년 후 무속인의 요언을 믿고 그 제방을 결궤한 일이 있다. 이를 미루어 보건대 벽골제는 방수제이기 때문에 이를 일부 트는 것이 가능했을 것이다.

셋째, 조선 태종 시절 김방 등이 벽골제를 중수한 기록을 보면, 제북에는 태극포가 있어 조파가 거세어 먼저 태극포의 조파 분격처에 축제하여 그 기세를 죽였다고 하였다. 여기서 제방 북쪽이란 동진강수계 원평천을 말함이고 조파란 바닷물을 뜻한 듯하다.

넷째, 조선 세종대에는 벽골제의 존폐가 거론되었는데, 만약

비가 내리게 되면 제당문을 열어 물을 빼고 날이 가물면 이를 방새하여 그 통새지방을 얻으면 범람과 건조로 농사를 망칠 수 있다 하였다. 이는 상류의 경작민들과 하류 몽리민들과의 이해가 첨예하였음을 말하고, 만일 농업용 저수지라면 홍수기에 물을 가두고 농번기에 물을 빼 쓰는 것이 일반적인데 이의 원리에 반한다.

다섯째, 조선 현종 때에 전라감사를 지낸 허적이 왕에게 벽골제 중수와 관련하여 말하기를, 만약에 벽골제를 수축한다면 민의 몽혜는 클 것이나 제방 내에는 생업을 이루고 있는 농민이 있어 그들의 원망을 듣게 될 것이다고 했다. 이는 벽골지 쪽이 바로 제내지여서 농민들이 그곳에서 농사를 짓고 있었음을 의미한다.

벽골제는 재조명해야

혹자는 전라도를 호남이라 하는 이유가 벽골호에서 유래되었다고 하는데 어불성설이다. 이는 아마도 한국의 호남이란 말을 중국의 후난성에 비유코자 한 모양인데, 참고로 후난성이란 호칭은 중국 둥팅호 남쪽이란 뜻이고, 이 호의 면적은 3,915km^2나 되어 벽골호와는 비교가 되지 않는다.

마한 시대부터 시작하여 면면히 이어져 온 호남평야 쌀농사의 원조인 벽골제는 말할 것도 없이 우리나라의 중요한 문화재이자 자랑거리다. 이러한 훌륭한 문화유산은 지금이라도 잘못된 부분이 지적된다면 시대를 초월하여 재조명할 필요가 있다.

벽골제(碧骨堤), 금만경평야(金万頃平野), 홀해니사금(訖解尼師今), 천정천(天井川),
도향(稻鄕), 동진강수계(院坪川), 방수제(防水堤), 벽골지(碧骨池), 민호(民戶), 결
궤(決潰), 제북(堤北), 태극포(太極浦), 조파(潮波), 분격처(奮激處), 방새(防塞), 통
새(通塞), 몽혜(蒙惠), 제내지(堤內地), 후난성(湖南省), 둥팅호(洞庭湖)

25 | 섬진강댐

2020년 여름 섬진강댐 하류에 위치한 남원지역은 100년 만의 홍수로 난리였었는데, 또 불과 3년도 지나지 않은 금년 봄은 100년 만의 가뭄이 왔다고 하여 호남의 민심이 어수선한 게 작금의 엄중한 사실이다. 오죽하면 윤석열 대통령까지 나서서 남부지방의 극심한 가뭄과 관련, 그간 방치된 '4대강 보'를 적극 활용하라며, 기후위기로 과거에 경험하지 못한 극심한 가뭄과 홍수를 함께 겪고 있다고 강조했다. 그런가 하면 금년 봄에는 전국 곳곳에 산불이 동시다발적으로 번져 가뭄이 얼마나 심각한지를 웅변으로 증명하고 있으며, 멀리는 미국 캘리포니아의 산불도 남의 일만이 아님을 이제 실감하고 있다.

섬진강 다목적댐은 구댐과 신댐으로 나뉜다. 구댐은 을사늑약 후 조선총독부 시절인 1925년에 완공한 댐으로, 동진 농조가 주가 되어 만든 농업용 댐이다. 신댐은 정부가 제1차 경제 개발사업의 일환으로 일본차관을 도입하여 1961년 착공 1965년 완공하였으며, 칠보 수력발전소를 소유한, 한국전력이 주가 되어 만든 다목적댐인데 일명 옥정호라 부른다.

박정희 대통령이 군사정권 수립 후 맨 먼저 국민들을 보릿고개로부터 해방시켜야 하겠다는 신념 하나로 첫 번째 시도한 사업이 바로 섬진강 다목적댐이다. 섬진강 다목적댐을 건설한 후 이 물을 유역변경 하여 칠보에서 발전용수로 이용하고 난 후, 동진강으로 흘려보내 김제 만경평야가 상습적으로 시달리는 수해와 한해를 극복, 먹거리부터 우선 해결해 보겠다는 애국지심 에서였다. 당시 군부의 주장에 의하면 우리나라 최초의 '섬진강 다목적댐'을 건설하는데 들어간 비용으로는 100만 평 규모의 공업단지를 6개 정도 세울 수 있었다 한다. 그러나 섬진강 다목적댐을 추진하면서 오직 명지보국 일념의 박정희 대통령 생각이 농업정책에서 공업입국으로 바뀌어졌다는 이야기도 전한다. 이유는 농업용 댐을 건설하다 보니 너무 많은 수몰민이 발생하여 민원처리에 골머리가 아픈 것이다.

섬진강 다목적댐 건설로 당시 임실·정읍 지역에 약 2만여 명의 수몰 지구 이주민이 발생하였다. 이 숫자는 실로 지금의 임실군 인구에 필적할 수 있는 엄청난 규모였다. 따라서 이주민 해결을 위해 정부에서는 부안 개화도 간척사업을 병행 실시하였고, 이곳에 수몰지구 이주민들을 정착시키고 저 계획하였다. 그러나 개화도 간척사업은 1961년 시작하여 1965년에서야 겨우 조포지구 내부 개답 241ha만이 완공된 상태였다. 당연히 수몰 지구 이주민들을 문제없이 이주시키기에는 큰 어려움이 뒤따랐다. 따라서 정부로서는 개화도 이주 외에 다른 이주민 정책이 필요했다.

1964년 정부는 이주민 정착의 일환으로 경기도 시흥군, 화성군 일대의 반월 폐염전을 무상으로 섬진강댐 수몰민들에게 제공하기로 결정했다. 이 안은 박정희 대통령의 특별 지시였다. 그러나 이에 경기도지사가 이의를 제기하였다. 경기도는 당시 6.25전쟁으로 생긴 난민을 많이 끌어안고 있었는데, 이런 유민을 어떻게든 해결해야 하는 방책이 필요했기 때문이다. 결국, 경기도가 제안한 일부 폐염전 부지를 나누어 갖는 선에서 옥정호 수몰민 정책은 일단락되었다. 섬진강 다목적댐은 호남지역에는 풍요를 안겨주었지만 그 이면에는 임실, 정읍 실향민들의 커다란 희생이 뒤따랐다는 것을 기억해야 한다.

반월 폐염전은 1952년도에 전매청에서 염전으로 조성한 미등록 국유지 482.26정보를 말한다. 그러나 당시 천일염의 과잉생산으로 채산성이 맞지 않아서 염전을 용도폐기 하고, 그중 일부는 개간하여 농림부가 관리하고, 나머지는 재무부에서 관장해오던 미개간지 370.36정보를 섬진강댐 수몰주민 120세대에게 제공하였다. 이주 당시 섬진강 수몰민들이 분양받았던 반월 폐염전지구는 그 후 현재의 경기도 안산시 지역으로 편입, 안산역, 고잔동 일대는 평당 수백만 원에서 수천만 원을 호가하는 노른자위 땅이 되었다. 그러나 분양을 받았던 수몰민 대부분은 당시 땅을 처분하고 뿔뿔이 흩어져 버렸기 때문에 그 후광을 누리진 못했다. 그래도 그곳에 일부 임실 출신들이 남아 있기는 했다. 그 때문인지는 몰라도 안산시장 민선 선거에서 전북대 공대 출신 박 모 씨가 시장으로 2번이나 선출된 바 있다. 우단사련이랄까….

필자가 이런 이주민들의 고통을 상세히 알고 있는 이유는 1990년 초 반월염색사업협동조합 환경자문위원으로 활동하였는데 그곳에는 의외로 임실은 물론 전북 출향민들이 많아서다.

다목적댐이란 말 그대로 크게 3가지 이상의 목적을 갖는 바 첫번째가 치수 즉 홍수예방 두 번째가 이수 즉 용수공급 그리고 세번째가 전기 생산 등이다. 그중 수력전기는 원자력 발전 이후 수익을 거의 상실하다시피 했고, 치수는 산림녹화로 과거보다 중요성이 덜한 반면, 생활 및 농업용수는 바로 돈으로 이어져 재산적 가치로 여기고 있어서, 최근에는 이수를 치수보다 더 중요시여기는 경향이 있다. 그래서 평소에는 치수목적으로 댐을 일정량 비워 두었다가 홍수에 대비해야 하는데, 우리나라 댐 관리는 기관끼리 서로 이해가 충돌하고 있어서, 물 즉 돈을 홍수기 때 과도하게 채워두는 게 일상이다. 만일 가뭄이 닥치면 그땐 또 물이 없다고 타박받을 것은 불 보듯 뻔할 테니까. 또 홍수 문제가 발생하면 기상청을 탓하면 그만이기도 하다. 기상청도 할 말이 있다. 요즈음 기상은 지구 온난화로 국지적이어서 슈퍼컴도 무용지물이라 하면 그만이다. 거기에다 기본계획에 없던 상수원 보호구역 지정, 또 만수위 지정에 얽힌 토지보상 면적과 댐 상류의 배수위(逆流) 문제 등 섬진강댐 건설은 민과 관 사이에 60여 년 동안 충돌의 연속이었다. 그래서 그동안 댐 하류는 신경 쓸 여유가 없었다.

한강 물은 홍수나 한발을 모른 채 사시상철 도도히 흐른다. 이는 상류에 수많은 댐이 있기도 하지만, 강원도 설악산, 오대산에 겨우내 내린 눈이 봄 여름 동안 녹아서 서서히 흘려주는 덕분이다. 따라서 서울시민들은 강원도에 큰절을 아무리 해도 부족하다. 한강의 하상계수는 대략 1/400인 반면 섬진강은 1/700로 우리나라 큰 강 중 섬진강이 홍수에 가장 취약한 지형이다. 그런데도 이유는 잘 모르지만 섬진강은 4대강 사업에 포함조차 되어 있지 않았다. 거기다 다목적댐도 섬진강댐 하나뿐이다. 그러니 지난 2020년 때처럼 100 또는 200년 만의 홍수가 나면 대재앙을 맞는 건 불문가지다. 그후 과거 100년 빈도로 설계된 섬진강댐에 이어 강 중류에 위치한 순창 적성에 댐을 추가하여 섬진강댐과 연결한 후, 섬진강 하류의 치수와 새만금 생공용수로 계획했으나 웬일인지 흐지부지되고 말았다.

중국대학의 한 교수에게 들은 얘기다. 하루는 북한 김일성 주석이 조일 전쟁사를 학습하다가, 이순신 장군이 임진왜란을 맞이하여 중앙 요로에 띄운 글에 "이 나라의 군량미를 호남에 모두 의존하였으니 만약 호남이 없었더라면 이 나라 또한 없었을 것이다."라는 대목을 접하고는, 북한에는 호남평야가 없으니 대신 이곳의 산지 중 일정 경사도 미만까지는 모두 개간하여 식량 생산을 늘리도록 독려하였다 한다. 과연 그의 지시대로 초기인 70 연대 초까지는 효과가 있어 농업생산이 비약적으로 늘었다. 그런데 문제가 나타났다. 무리한 개간을 하다 보니 사방에 천정천(天井川)이 생기고 그 후 대홍수가 발생하여 농업기반이 지리멸렬되어 버렸다는 것이다. 이는 토목공학적 지식은 무시하고 정치 공학적으로 국토를 다스리려 한 무식의 소치다.

과거 전두환 전 대통령 시대, 평화의 댐을 건설하기 위한 명분을 찾는데, 서울의 유명대학 토목과 관련 교수들이 반강제로 참여했다가 구설수에 올라 홍역을 치렀지만 지금의 평가는 그때와 사뭇 다르다. 또. 4대강 사업 때도. 토목학계가 두루 참여했으나, 지자체에서는 소관 하천의 관리는 안 하고 팔짱만 끼고 있다가 하천 제방이 터지니 상류 댐 방류만 원망하고 책임은 수자원공사만 탓했다. 더욱이 홍수는 지자체 관할 상류에서 온갖 쓰레기를 몰아와 댐이 쓰레기통인지 물통인지 구분 못 할 정도다. 상류에서 몰려든 쓰레기를 바라보노라면 걱정에 앞서 분노까지 치민다.

같은 섬진강 물을 두고 중소하천은 지자체, 대하천은 국토교통부 또 댐 수원은 환경부에서 각각 관할하다 보니 어느 장단에 춤을 출지 모르는 게 우리나라의 물 관리 현주소다. 거기에 댐 물의 주인은 맨 처음 남조선수력(한국전력)에서 시작 동진수리조합(농림부)을 거쳐 섬진강댐(건설부), 그리고 현재는 한국수자원공사(환경부)가 관장하고 있다. 이런 복잡한 이력을 가진 수자원을 하루아침에 정리하는 게 손쉬운 일은 아니다. 그래서 한때는 수리청을 두자는 의견도 있었다.

다음은 가뭄에 관한 이야기다. 문재인 정부 때 정부는 국무총리를 위원장(정세균 국무총리)으로 하는 '국가물관리위원회'를 두고, 4대강 사업을 대대적으로 손보기 위해, 이명박 정부 시절 부분 완공된 금강 하류의 공주보, 세종보, 백제보 그리고 영산강 하류의 승천보, 죽산보 등을 해체하거나 개방하도록 조치했다(2021. 1. 18.). 그런데 더 큰 문제는 보(洑) 해체 이유로 녹조류 문제만 열거했지 홍수나 가뭄에 대처하는 내용은 빠졌다. 그나마 보 부근 농민들이 이를 개방하면 주변 지하수위가 낮아져 농사를 지을 수 없다며 시위한 덕분에 보가 헐리는 수모는 면했다. 거기에 지자체의 버티기 작전도 한몫했다. 사실, 4대강 사업에 영산강은 애초에는 포함되어 있지 않았으나 지역의 강력한 요구로 나중에 추가로 합류한 곳이다.

「삽질」이라는 한국영화에서 보면 4대강 사업은 그야말로 그전 정부가 무슨 역적모의라도 한 것처럼, 신조어에 불과한 '녹조 라떼'라는 처음 들어보는 내용만을 나열하고 있어, 19세기 모파상의 '비곗덩어리'의 한 대목이 생각날 뿐, 명색이 반평생을 물만을 전공해온 나를 어리둥절하게 한다. 다시 한번 강조하지만 4대강 사업은 엄연한 토목공학의 한 영역임을 간과해서는 안 된다. 미국 서부의 풍요를 가져다준, 1936에 완공된 후버댐마저도, 콜로라도 강의 원상회복을 요구하며 일부 시민단체는 아예 댐을 헐어 버려야 한다며 엉뚱한 주장을 하고 있는 것이 오늘날의 국제적 현실의 한 단면이기는 하다.

20세기 유럽 열강이 청나라의 창장 하류에 위치한 상하이를 조차했을 때 맨 먼저 실시한 도시계획이 바로 이곳의 하수도 시설이었다. 19세기 영국 템스강 하류의 오염으로 수인성 전염병인 콜레라가 창궐했는데, 이때 강물이 역류하며 시가지 쪽으로 스며들자 수많은 시민이 사망한 사건이 발생했다. 그때 그들은 하수도의 중요성을 뼈저리게 경험한 전력이 있다. 반면 우리나라는 도시가 형성된 후에야 둔치 부지에 부리나케 합류식 하수관을 매설하여 도시에서 발생한 하수와 우수를 한꺼번에 하천에 배수하고 있어서 문제다.

2020년 여름 발생한 홍수 피해가 난 지 불과 3년도 안 되어 금년 봄에는 또 100년 만의 가뭄이 들어 한해가 호남지역을 강타하고 있어 걱정이 이만저만이 아니다. 그런데도 정치가나 전문성이 부족한 인사들이 전문분야인 수자원 문제에까지 깊숙이 끼어들어 혼란만 부추기고 정치 이슈에만 몰두하고 있다. 그러나 국가는 이런 때일수록 책임 있는 토목 관련 전문가들의 견해를 경청할 줄 알아야 한다.

지금 세계는 기후변화 때문에 해수수위가 차츰 높아진다고 우려하고 있으며, 이는 하천관리에도 비상한 영향을 끼친다. 현재 각국은 탄소 배출량 저감 대책에 사활을 걸고 있고 우리나라 역시 최근의 홍수와 갈수가 번갈아 가며 우리를 괴롭히고 있어 대책이 시급한 때이다. 이를 계기로 우리는 국토의 기반시설이 얼마나 취약한지를 다시 한번 깨달아야 할 것이며, 오래된 전국의 모든 다목적댐과 하천을 재정비할 기회로 삼아야 한다. 그리고 이에 앞서 일부 정치가와 시민단체의 터무니없는 주장과 기세에 대비하여 토목기술자들의 위상도 높여야 한다. 이제 우리는 현재 세계적인 기후변화를 실감해야 하고 또 반면교사로 삼아, 갈수록 극심해지는 수해와 한해를 극복할 수 있도록, 수자원 전반에 대한 정부와 국민 그리고 토목기술자들의 총체적 합의와 재논의가 필요한 시점이다.

다만 한 가지 아쉬운 점이 있다면, 대한토목학회에서 최초의

'대한민국 토목문화유산'을 지정했는데, 1965년에 완공된 섬진
강댐 대신 1973년에 준공된 소양댐을 지정 공고한 점이다. 일설
에 의하면 섬진강댐은 '한국전력공사'에서 주관한 사업이고, 소
양강댐은 '한국수자원공사'에서 최초로 세운 댐이라는 것이다.
제고가 필요하다.

국가군저개고호남약무호남시무국가(國家軍儲皆靠湖南若無湖南是無國家), Latte(이
탈리아 우유, 국어사전: 라테) 라테는(나때는), 녹조 라테, 조류 대증식(Algal bloom),
녹즙(綠汁, Green Vegetable juce), 녹조(綠藻 Green algae), 남조(藍藻, Blue green
algae), 적조(赤潮, Red tide), 부영양화(富營養化, Eutrophication), 파파고 오번역(예:
마방진, Horse dust), 명지보국(明知報國), 우단사련(藕斷絲連)

26 쇠물돼지 떼죽음과 새만금호 해수유통

지금부터 40여 년 전의 일로 기억된다. 한국자연환경보전협회 전북지부 회의가 있어 참석했는데, 그때 자리를 같이 한 분 중 전북대 생물학과 이원구 교수가 있었다. 그는 그 자리에서 서해안 하구에 '쇠물돼지(상괭이)'라는 포유류가 서식하고 있고, 또 국제적 멸종위기 동물인데, 새만금 개발과 관련하여 사업 시행 전에 조사되어야 함에도 연구비가 없어 실사조차 하지 못하고 있다며 걱정 어린 투의 말을 하였다. 그때 마침 전북의 주요 사업인 새만금개발과 관련한 시급하고 중요한 일임에 동감한 전주공단에 소재한 기업체인 전주 제지공장은 본 건을 회사의 지역 환경보전 사업에 하나의 좋은 사례가 될 것이라며 연구 지원을 하였다. 당시 전주 제지는 외국에서 원목을 수입하면서 묻어온 해충으로 인해 전주 덕진공원 일대 소나무가 고사하고, 또 전주천의 수질을 심각하게 오염시킨 주범이라는 여론이 비등하고 있어 지역 환경과 관련하여 이미지 쇄신에 힘을 기울이고 있던 터였다. 그러한 시기였기에 회사의 정책과 관련하여 소액이나마 예산 지출이 가능했었던 것이 아닐까 짐작한다.

  그 후 연구 발표회에서 들으니 연구비 부족으로 표본 채집까지는 어림도 없고 섬 지역 어민들의 설문을 통해 조사 일부를 수행했다는 것이었다. 어쨌든 상괭이의 떼죽음은 새만금 공사, 그리고 해수와 홍수의 유출입과 관계가 있는 것은 확실해 보인다고 했다. 그런데 지난겨울 갑자기 새만금호 내에서 쇠물돼지가 떼죽음을 당했다는 뉴스가 나왔다.
  그때의 일이 작금 새만금호 상괭이의 떼죽음과 연관이 있어 여기에 소개하는 바이다. 상괭이란 정약전의 『자산어보』에도 소개되고 있을 만큼 우리나라 서해안에 서식하는 주요 생물 중 하나이다. 그런데 최근 보도에 의하면 이를 '쇠돌고래'라 지칭하고 있어 비전문가로서는 '쇠물돼지'와 '쇠돌고래'의 명칭이 좀 혼동된다. 사전을 찾아보면 '상괭이'의 별칭은 '쇠물돼지' 혹은 '무라치'라고 쓰여 있다. 또 어떤 백과사전에는 상괭이와 쇠돌고래는 속이 다른 것으로 표기되어 있기도 하다. 지금 상괭이의 명칭을 두고 시비하자는 건 아니다. 다만 상괭이의 떼죽음을 계기로 그동안 소홀했던 새만금호 수질환경 문제를 다시 돌아보는 기회로 삼았으면 하는 마음에서 이야기를 하는 것뿐이다.

상괭이 떼죽음의 원인을 두고, 새만금호의 수질오염 탓이라고 하는 측과 올겨울 이상 한파로 수면이 쉽게 얼었고, 이 얼음 때문에 포유류인 상괭이의 호흡 활동에 지장을 초래하여 사망했다는 쪽으로 해석이 엇갈리고 있었다. 필자는 호 내의 물 빼기로 인한 수위저하와 함께 직, 간접으로 염도 변화와도 관련이 있다고 피력했다. 참고로 우리나라 서해안의 염도는 동절기에 대략 32~33 퍼밀이고 당시 호 내의 염도는 26~27 정도였다고 알려졌다. 결빙은 염도, 외부기온, 수심, 유속, 파도 등에 따라 달라진다. 따라서 새만금호의 수위를 인위적으로 낮추면 호는 쉽게 얼기 마련이다. 동시에 물빼기를 급하게 하면 수괴현상으로 인하여 호 내의 염도 분포가 불균형을 초래한다. 상괭이는 기수구역에서도 살아가는 포유류라고는 하나 여러 상황이 겹치면 치명적이 될 수도 있다. 태평양에 떠 있는 한 마리 나비의 날갯짓이 한반도에는 태풍이 되어 돌아올 수도 있다는 말이 있다. 수억만 년 지속되어 온 새만금 수 환경이 방조제의 축조로 서서히 또는 급격히 변화할 수 있다는 뜻이다.

더불어 새만금 해수유통이 논란이 되고 있다. '해수유통'이란,

완전해수유통, 부분해수유통, 해수호화 등을 들 수 있다. 그중 완전 해수유통은 방조제를 허물자는 주장과 다를 바 없다. 최근 환경단체나 환경 전문가 그리고 일부 정부 관리들조차 새만금호를 살릴 수 있는 유일한 방안은 해수유통이라 주장하고 있다. 과연 그럴까? 필자는 그렇게 생각하지 않는다. 이 시점에서 해수유통을 주장하는 것은 새만금호의 토목공학적 지식을 몰이해한 소치로 보이기 때문이다. 새만금호의 역할을 알려면 '유수지' 개념부터 제대로 이해해야 할 것이다.

새만금호는 밀물 시 물 빠짐이 어렵기 때문에 만경강과 동진강 물을 저장하기 위하여 평소에는 그곳을 일정 수위 이하로 비워두었다가, 홍수로 물이 차면 썰물 시 한꺼번에 이 물을 바다로 흘려보내는 방식을 계획했다. 그러나 여름철 홍수기에는 염수와 담수의 염도 조절이 어렵고 해수와 담수가 교차 점령되면 호의 수 환경 해석이 아주 복잡해진다. 따라서 염분 분포의 불균형에 따른 토종 생물 서식에 영향을 줄 것은 불문가지이다. 동시에 호의 수위 변동은 지하수위까지 변화시켜 지상의 경작물에도 영향을 끼칠 수 있다. 여기에 사수위 아래의 염수는 밀도류 현상으로 배수가 더 어렵다.

그런데도 일부 인사들은 해수유통만이 새만금호의 수질을 좋게 하는 유일한 방안인 양 무책임하게 떠든다. 그러다 보니 해수유통 이야기만 나오면 도지사를 포함하여 전북 권 인사들은 지나치게 민감한 반응을 나타낸다. 해수유통을 전제로 하면 새만금 사업은 날 새는 것으로 여기기 때문이다. 필자의 생각을 결론적으로 말하면, 현재 상태로는 새만금 공사를 상당 부분 재설계하지 않는 한 해수유통에 의한 수질보존은 기술적인 측면에서 문제가 있다.

혹자는 시화호의 예를 들어 해수의 상시 유통을 말하지만 이는 경우가 다르다. 우선 규모 면에서 시화호는 새만금과 비교가 되지 않는다. 시화호의 출발은, 중동 개발이 한참이던 시기에 그곳의 정치 상황과 맞물려 현대건설에서 하던 사업이 위기에 처하자, 정주영 회장이 직접 대통령에게 건의하여 중동에서 철수해야 하는 건설기계 등을 활용할 수 있도록, 수도권에 산재해 있던 공장을 반월공단 주변에 수용 확대하자는 취지에서 시작한 사업이다.

시화호는 56.5km^2의 한국수자원공사가 사업 주체인데 방조제를 막자마자 물골의 변동으로 인하여 예상치 못했던 쓸모없었던 습지가 수백 헥타르나 되는 금싸라기 공업용지로 변하는 바람에, 수조 원의 수익을 얻어 밑천을 뽑고도 남아, 사업을 접고 말았지 해수유통 성공 사례가 아니다. 현재 거론되고 있는 낙동강 하굿

둑의 해수유통 계획도 사실은 호가 아닌 5백만 톤에 불과한 댐수다.

지금 전북에서는 누가 새만금 환경문제를 거론하기만 하면 계란 세례라도 날릴 듯한 분위기다. 지역민들이 마치 집단 최면이라도 걸려든 것처럼 보이는데, 전북의 다른 개발은 제쳐둔 채 새만금에만 몰두하는 것은 경계해야 할 대목이다. 그동안 그리고 앞으로를 합하여 생각하면 새만금 사업에 투자하는 노력이 가시적 성과를 얻는 데까지는 적어도 40여 년이 더 걸릴 것이라고 전망된다. 그 정도의 시간이라면 일제 강점기 기간보다 더 긴 세월이다. 나는 당시의 환경 영향평가를 서울의 '삼안기술공단'과 공동 수행한 적이 있는 역사의 산증인이기도 하다.

이겸차안 이라는 말이 있다. 나는 상괭이 떼죽음 하나로 현재 공사 중에 있는 새만금 사업을 평가하는 어리석은 주장에는 동조할 수 없다. 또한 새만금이야말로 전북을 잘살게 하는 유일한 사업이라고 떠드는 일부 정치가 및 관료들의 선동에도 동의하지 않는다. 낫으로 눈을 가릴 수는 있다. 하지만 그 낫에 제 코가 베일 수 있다는 점을 명심해야 할 것이다.

어떤 자리에 힘입어 하는 말은 대부분 그 자리를 떠나면 그만이다. 확실한 보증이나 책임감이 없이 목소리만 높이는 주장 역

시 아니면 말고 식이 대부분이다. 하지만 우리에게 새만금의 일
은 그렇게 따져 짚고 넘어갈 일이 아니다. 우리의 길고 중요한 미
래가 달려있기 때문이다.

상괭이(常鯨), 人魚, 쇠물돼지, 무라치, 쇠돌고래, 쇠돌고랫과, 쇠돌고래속,
『자산어보(玆山魚譜)』, 遊水池(地), 調整池, 始華湖-멀티테크노벨리, 瑞山防潮
堤-淺水灣漁民葛藤, 錦江湖-忠南反撥, 完全海水流通, 部分海水流通, 海水
湖化, CITES 登載 減種危機動物, 平均海水鹽度(35permill), 汽水區域, 저층수
(底層水), 排出-싸이폰-Fresh water flume(Skirt), 유수지(遊水池), 밀도류(密度
流Density flow), 水塊(Water body), 사수위(死水位), 해수빙점(海水氷點, -1.91), 이
겸차안(以鎌遮眼)

27 | 새만금을 기억하다

팩트는 과학적 사고가 기초해야 진실이 드러난다. 그러나 비과학적 주장은 동서고금을 막론하고 당시는 그럴싸해 보여도 진실이 밝혀지면 종래는 무너지기 마련이고 허구란 새로운 단어로 메워진다. 몇 가지 예를 든다면, 새만금 사업, 천성산 도롱뇽 논쟁, 광우병 논란, 4대강 사업, 탈원전 등등…. 이들 대중적 논쟁은 대부분 비공학적 요소가 내포되어 있어 문제다.

그중 대표적인 예로 40여 년 동안 소모적인 논쟁이 계속되어 온 새만금 사업이다. 전라북도 서안에 위치한 '새만금간척지구'의 새만금이란, 심재홍 전북지사 재임 시인 1985년 9월 20일 발족한 '전북도 지역개발계획 기본방향수립위원회(금융분야 조선웅 교

수, 농업분야 유종환 교수, 지역개발분야 장명수 교수, 토목환경분야 김환기 교수, 전주

상공회의소 안성호 회장, 전북도 송여섭 건설국장, 전북도 양영희 농수산국장)'에서

구상 및 명명한 후, 홍석표 전북지사 시절인 1986년 11월 28일

학, 연, 산, 관, 언 으로 구성된 '전북발전협의회 실무회의'에서 당

시 민정당(강경식 정책조정실장)을 통하여 정부에 건의한 사업이다.

이는 1960, 70년대 군산 옥구 남부와 부안 북부 간척사업을 실

시하기 위한 소위 옥안지구 개발사업의 일환으로 당시 건설부가

'김제·만경 방조제(금만방조제)'를 계획하였는데, 그 후 전북도가 이

사업을 고군산군도까지 확장 추진하면서 금만 방조제란 말에서

금만을 만금으로 바꾸고 거기에 새롭다는 뜻을 더하여 그 이름

이 오늘에 이른 것이다.

또 하나 기억에 남는 일화는, 방조제의 시작 위치는 부안군 대

항리이고 신시도를 경유하는데 지도에서 보니 옥구군 두리섬(斗

里島)이 있어 이곳을 중간 기착지로 정했으나 실시설계 단계에서

무인도인 가력도로 변경되었다.

처음 사업 계획은 전북도 토목 관련 부서에서 추진하였으나 진

행이 더디자, 그 당시 정부 유력 인사이자 전북 무주 출신인 황인

성 농수산부 장관(1985~1987)을 설득하여 농수산부 소관으로 이

첩한 후 급진전되었다.

어쨌든 처음부터 새만금 사업은 수많은 난관에 부딪혔다. 나

는 물론 환경공학적 관점에서 이 사업을 반대했다. 지금도 마찬가지이지만, 이유로는 과연 투자비에 대한 이 사업의 실효성은 있을지, 생태계 변화, 사업지역의 사막화, 복토용 토석 확보, 지하수위변동, 저니토 배제, 수괴현상, 용수공급 문제 등등. 그러나 반대만이 능사는 아니었다. 지역민의 열망을 외면하는데 역부족이었고 하여 사태수습에 일부 관여했다. 당시 위원회에서 맨 먼저 정해야 할 일은, 새만금호의 수질관리를 어떻게 할 것 인지였다. 호의 수질을 담수로 할 것인지 해수로 할 것인지를 두고, 장시간 토론 끝에 담수호로 결정했다.

그 이유는, 호가 제내지여서 토목 설계상 200년 빈도의 홍수가 발생하고 때마침 슈퍼문 때는, 홍수 배출이 불가하여 물을 가두는 기능을 일시적으로 호가 감당해야 한다. 따라서 평상시 호는 저수지 용량규정에 따라 당연히 유수지(遊水池)로 운용해야 한다. 만일 해수유통을 하면 해수와 담수가 교차하고 수괴나 단회로까지 발생하여 사호가 될 것임은 명약관화한 사실이다. 여기에 홍수가 범람하면 새만금 사업지역은 대재앙을 초래하고 말 것이다. 서산지구 간척지 유역 농민과 천수만 어민 간의 분쟁이 그 한 예다.

만경강은 빙하기 이래 만조가 되면 비비낙안 동포귀범 등의 시구에서 보듯 완주 고산천 마그네다리까지 수십km나 감조구역을 이루며 바닷물이 올라왔다. 다시 말하여 이 구간은 염도에 충분히 순응되었다는 뜻이다. 그러나 이후 새만금 방수제가 완공되면 인공호소만 남게 되어 염도나 수온 등 자연환경에 극히 취약한 구조로 변한다. 어쨌든 새만금호 수질문제는 영양염류나 불활성 폐플라스틱 유입 등 비관적 측면이 많기는 하나, 앞으로 배수갑문의 조작 기술개발, 환배수로 시설, 생태습지의 기능 등을 좀 더 지켜볼 필요가 있다.

4세기에 백제의 김제 벽골제 축조 기술을 전수받아, 7세기에 축성한 것으로 추정되는 일본의 사야마이케 발굴자료에 의하면, 야쿠스기의 안정탄소동위체분석에 의한 기후복원도에서, 기후 온난화에 의해 4, 5세기 우리나라 서해안의 해수면이 현재보다 1~2m 정도 상승해 있었다 한다. 그런가 하면 우리나라 기상청 발표에 의하면 앞으로 80년 후 해수면 상승은 52~91cm라고 주장했다. 다시 말하여 새만금 유역의 해수면은 변하고 있음을 유념해야 한다. 하늘 무너지는 것까지 걱정해야 하느냐 하겠지만. 실제로 일본의 후쿠시마 원전 사고는 아무도 예측 못 한 일이다. 더욱이 구굴이 펴낸 한 위성사진에 의하면, 시간이 가면서 창장 상류에 세워진 중국이 세계 최고라고 자랑하는 삼협댐도 일부 틀어져 간다고 했다.

산샤댐의 방류수가 제주 앞까지 영향을 미친다는 것은 확실하다. 차후 새만금도 홍수 관리 시 하류에 위치한 위도 앞바다까지 미리 대책을 세워둬야 한다. 기왕에 완공된 새만금 방조제도 방심하지 말고 예찰을 더욱 강화해야 한다.

그런데, 최근 '전북 시군 의장단 협의회'에서, 새만금 담수호는 장차 수질 악화로 주민 피해가 우려된다며 해수유통을 건의했다 한다. 허나 위에 설명한 바와 같이 해수호화는 토목공학적 관점에서 볼 때 가당치 않다. 더구나 해수유통을 하려면 환경영향평가법에 준하여 환경부 장관의 사전 동의가 필수적이다.

사업 시행 초기에 전북도는 새만금에 필요한 공업용수 문제는 용담댐이 완공되면 금강 광역 상수도가 필요 없게 되니 이를 대용키로 하였고, 농업용수는 담수호를 이용하고, 또 순창 적성 댐을 신축하여 섬진강 옥정호에 보낸 후, 칠보 발전소를 증설, 전력 생산과 새만금 용수로 사용토록 계획했다, 또 다른 대안으로는 완주 동상저수지 승상, 화산, 고산 저수지 개보수 임실 방수리 물 수계 변경 등등…. 그러나 새만금 업무가 전북도 건설국 주관에서 농업 관련 부서 등으로 분산되면서 그 후 흐지부지되어 버렸다.

당시에도 또 하나의 문제는 새만금 사업 완공 후 지하수 변동이 잠재적 골칫거리였다. 서유럽에 위치하며 북해의 해수면보다 낮다는 '네덜란드(Netherlands)'의 국가 이름을 영미식 표기로는 홀란드(Hollland), 독일식으로는 네덜란드(Nederland)라 부른다. 이곳의 소위 '갇힌 바다'로 불리는 자위더르해(Zuider zee) 지구 간척사업은 401㎢로 새만금 사업과 유사성이 있다 하여, 우리나라 사람들의 벤치마킹 대상이다. 원래 자위더르해는 화란의 북해((Noord zee)에 속했는데. 기존의 해수 유입 차단을 위한 제당이 일부 훼손되어 버려, 세계 최장인 20마일의 새로운 방조제(Afsluitdijk)를 1932년 완공하자, 우리의 새만금호와 유사한 아이셀호(Ijsselmeer)와 마커호(Markermeer)가 재탄생했다. 방조제방(Zeedijk)을 만드는 데 축조재료라야 겨우 진흙뿐인 화란은 버드나무와 같은 교목을 붙임에 이용하고 석재마저 없어 이웃 나라에서 수입해 썼다. 그런데 문제는 담수호로 조성된 이 호는 완공 후 주변의 지하수위가 낮아져 농사를 지을 수 없게 되어버렸다. 그래서 이를 극복하기 위해 화란 정부는 막대한 사업비를 추가로 투입, 호와 농지 중간에 거대한 지하수 유지용 수리 시설을 추가하여, 이를 극복한 바 있었는데, 이는 전 세계적으로도 유명한 스터디 케이스 중 하나로 새만금에도 타산지석이 될 만하다.

새만금을 처음 구상한 인사들 중 필자 이외는 작고한 분들이 대부분인데, 그 당시 걱정했던 일들이 지금 마치 새로운 이슈가 되는 것 같아 안타깝기만 하다. 40여 년 전 사업 초기에 비점 오염원으로 인한 새만금 수질 보전을 위해, 토목기술자들이 제안했던, 섬진강, 금강 수계변경, 동진강, 만경강 상류 수원확보 등은 무시 당 한 채, 역대 대통령과 지자체장들은 본인들의 임기 내에 완공이란 요원한 일이다 보니, 점원 오염원인 하수처리장 예산 증액 등 립서비스 만 무성 하다가 오늘날 해수유통까지 등장하게 했다,

새만금 둑을 막기 전에는 내로라하는 식자들이 수없이 발길을 하고 비공학적 요소들을 들고나와 비장한 목소리로 반대운동에 열렬 가담하더니만 댐 공사가 끝나버리자 이제는 떠들어 보았자 세인들의 관심이 집중되지 않을 게 뻔하니 모두들 슬그머니 발길을 돌려버렸다.

사실 새만금호란 이름은 사업 완공 후 국토지리정보원에서 정해야 효력이 발생하는 어디까지나 임시 명칭에 불과하다. 또한 방조제의 길이도 33.9km라 하는데, 네덜란드의 자위더르제방(Afsluitdijk, 20mile)과 비교된다. 새만금 방조제는 기네스에도 등재되었다며 세계 최장이라 주장한다. 그러나 기네스북(The Guinness Book of Records) 자체도 신뢰성에 비판을 받고 있는 비공인 기구이다. 화란의 델타프로젝트의 예를 들면 섬 통과구역이나 해수와 직접 접촉하지 않은 호안구간을 빼고 방조제의 순 길이를 셈하는 것이어서, 새만금 방조제의 지나친 홍보도 나중에 국토지리정보원의 결정이 날 때까지는 유보해야 옳다.

일제 강점기 35년 하면 맨 먼저 떠오르는 것이 그 긴 세월이다. 새만금 사업은 40여 년이란 시간이 흘렀다, 그런데 문제는 앞으로도 그 끝이 보이지 않는다는 점이다. 여기에 더하여 새만금 사업은 분명 토목공학도들의 전문영역인데도 일부 인문 사회 운동가들의 성토장이 되고 있다. 이제 와서는 대통령까지 나서서 그 넓은 면적에 세계 최대 규모의 태양광 사업을 추진한다는데 생태계 변화는 어떻게 예측할지 심히 우려스러운 대목이다.

새만금 수변도시 계획도 신중을 기해야 한다. 해수면 수변도시는 아직까지 전 세계적으로 성공한 사례가 드물다. 6세기 이탈리아 북동부의 이민족에 쫓겨난 피난민이 세운 수변도시 베니스는 원래 석호여서 가능했지만, 일본 도쿄만의 인공섬, 두바이 반달 워터프론트 팜 제벨 알리, 화란 아이셀메어 튤립섬 수변도시 등등…. 모두 꿈의 도시일 뿐 시공실적은 드물다. 더욱이 수변도시 건설은 아이디어 차원에서는 훌륭하나 새만금 사업의 우선순위에는 의문이 간다. 새만금 유역은 간만의 차, 홍수위 조절 어려움 등 복합적 요소가 너무 많으며, 생활용수의 공급은 물론 해수유통과도 연관이 있다. 무리한 보여주기식 개발은 과거 덕유산 동계 유니버시아드 개최 후 설천봉 훼손, 덕유산 아태 세계 잼버리 대회 개최 후, 과연 무주가 어떤 혜택이 있었는지도 되돌아볼 필요가 있다.

앞으로도 새만금 사업의 완성은 그 끝이 보이지 않는다. 해수
유통 중인 현재도 목표 수질을 달성하지 못하고 있다. '전북 시군
협의회'는 기왕에 나선 김에 일부 인사들의 구호성 주장에 불과
한 해수유통 같은 아직 검증도 안 된 사안에 동조할 경우 자충수
가 될 뿐이다. 적성댐 건설과 같은 새만금 용수공급의 근본적 해
결에 힘을 보탰으면 한다.

새만금의 모태, 금만방조제
(조철권 전북도지사, 1982년)

전북도 지역개발기본계획(새만금)
수립위원회(위촉장, 1985년)

저수지용량규정(操作規定), 옥안지구(沃溝, 扶安地區), 비비낙안(飛飛落雁), 동포귀
범(東浦歸帆), 감조구역(感潮區域), 석호(潟湖), 슈퍼문(高潮), 사야마이케(狹山池),
야쿠스기(屋久杉)

28 | 덕진체육공원과 선운산도립공원

지금은 우리에게 '전주 덕진체련공원'으로 더 잘 알려진 장소는 원래 별다른 이름이 없는 곳이었다가 구황실 재산소유권을 두고 전북대와 전주시가 오랜 협상 끝에 전주덕진공원이 확장되면서 비로소 붙여진 이름이다. 당시 덕진공원이 확대 지정되면서 어린이공원과 덕진연못 사이에 체육시설이 들어서게 되었고 이때 이곳 이름의 필요성이 제기되었던 것이다. 그런데 그 당시 그곳에 붙여진 이름은 덕진체련공원이 아니고, 전주 채련공원이었다. 그렇게 이름한 이유는 간단했다. 기존의 덕진연못 주변을 덕진공원이라고 이름하였으니, 덕진공원 근처에 위치한 새 공간은 전주팔경의 하나이기도 한 덕진채련(德津採蓮)에서 덕진과 채련을 분리하여 기존의 덕진공원과 새로 탄생하는 채련공원으로

공원명칭을 따로 했다.

그러나 어찌 된 일인지 어렵게 채택된 전주 채련공원이란 명칭은, 그 후 '채련'이 아닌 '체련'으로 불리어졌다. 필자의 생각으로는 사람들이 채련이란 말을 신체 단련의 뜻인 체련(體力鍛鍊)으로 잘못 알아듣고 덕진체련공원이라고 부르고 있는 것 같다. 그러나 체련공원이란 명칭은 우리나라에서 유독 전주시만 사용하고 있는 고유한 이름이다. 따라서 굳이 신체단련의 뜻에서 '체련'이라고 하려면, '덕진체육공원'이라고 해야 옳다.

1970년대 선운산도립공원 지정을 앞두고 이곳의 정식 명칭을 무엇으로 할 것인가의 논의가 있었다. 전라북도는 그때 지정될 공원의 이름에 '경수산도립공원'이란 명칭을 내세웠다. 경수산도립공원이라 칭하는 이유는, 현재 선운산의 주산이 당시 건설부 국립지리원에 경수산으로 표기되어 있었기 때문이었다. 선운사 스님들은 도솔암 뒷산인 도솔산이 유명하고 또 불교의 뜻도 담아 도솔산도립공원이라 부르자고 주장하였다. 고창군에서는 선운사가 유명하니 '선운산도립공원'이라 칭하자고 우겼다. 고창군에서는 국사학자까지 동원하여 하는 말이 작자 연대 미상인 한 여인이 싸움터에 나간 남편이 돌아올 방향을 바라보면서 그리운 심정을 읊은 「선운산가(禪雲山歌)」 운운하며 심지어 『고려사』까지

인용 주장했다. 그때 나는 국사학자는 아니지만, 고려의 역사서는 허구가 많아 참고하기가 곤란하다고 주장했다. 예컨대 고려시대 제3차 '여요전쟁'에서는 한겨울 전쟁터에 소가죽으로 압록강 지류 강물을 막아 수공을 했다는 이해할 수 없는 대목이 정사에까지 나오는데, 하물며 구전으로만 전해오는 한 아낙네의 가사를 국가기관이 고유 명칭으로 사용함은 말이 안 된다고 하였으나, 논의 끝에 결국 새로 지정될 공원의 명칭은 고창군의 제안을 채택, 반영키로 의견을 모았다. 그러나 다행인 것은 최근 국토해양부 국토지리정보원에서 이곳의 명칭을 도솔산 또는 선운산이라 병기하고 있다. 아마도 관련 기관에서는 선 지정 후 나중에 땜질한 것이 아닌가 여겨진다.

선운산도립공원에 얽힌 이야기를 한 가지 더하고 넘어가겠다. 선운사 입구에 들어서면 공원관리소 뒤편 큰 바위에 천연기념물인 송악이 자리 잡고 있다. 송악이란 두릅나무과의 일종으로 중국 윈난스린에 가면 기암괴석 사이로 장관을 이루며 자라고 있는데, 송악을 천연기념물로 지정하게 된 연유는 다음과 같다.

1900년대 초 '한국자연환경보전협회'에 관여하면서, 고창 선운사 주변의 생태조사에 참여한 바 있다. 그때 조사팀으로 전북대 김익수 교수, 원광대 길봉섭 교수, 그리고 필자 등 3인이 참여했는데, 내가 송악을 천연기념물로 지정하자고 제안하면서 식물학자인 길봉섭 교수의 의견을 물어봤다. 그러나 길 교수의 답은 천연기념물로 지정하기에는 부족하다는 부정적 견해였다. 그런지 얼마 후 길 교수에게서 연락이 왔다. 내용은 마침 전북 금구에 천연기념물로 지정된 송악이 있었는데 최근에 고사해 버려 그 대안이 필요한데 송악은 전북이 북방한계선이어서 금구 송악 대타로 선운사 송악을 추천하면 천연기념물 지정이 가능할 것이라는 것이다. 이것이 계기가 되어 고창 삼인리 송악이 지금 천연기념물 제367호로 지정 보존되고 있다. 나중에 안 일이지만 그 당시에도 사실 설악산에도 송악이 자생하고 있었다.

29 전주천 상류 백색소동과 중류의 역류발생

1990년대 초 전주 죽림온천이 문을 열자 이와 함께 전주천 상류의 환경문제가 대두되기 시작했다. 왜냐하면 전주천의 상류부에는 전주시 상수도 대성 정수장이 있었는데, 당시 대성 정수장은 섬진강수계 방수리 전주취수장 물이 부족한 갈수기에는 상당한 수량을 전주천 상류 한벽당 부근에서 끌어다 쓰고 있었기 때문이었다. 당연히 한벽당 부근은 상수도 보호구역으로 지정되어 있었기 때문에 죽림온천의 온배수 배출로 인한 전주천의 수질문제는 전주시민들에게 민감한 사안이 될 수밖에 없었다.

더구나 그 무렵 인근에 한일장신대학 캠퍼스까지 들어오고 하여, 당국에서는 전주천 상류의 환경변화와 오폐수 유입에 대한 전주시민의 불안과 우려를 불식시키고자, 죽림온천으로부터 오수관로 시설 부담금을 거두어들였다. 당국의 입장은 수입된 부담금을 가지고 죽림온천에서 배출하는 온배수와 한일장신대학에서 배출하는 오폐수를 와이(Y)자 형으로 연결하고, 압력관을 이용하여 상수보호구역 아래인 한벽당 하류까지 유도·배출토록 한다는 것이었다.

그러나 여기서 채택한 압력관식 오수 배수 방식은 교과서를 무시한 것으로 오수가 흐를 수 없는 하수관 구조물이었다. 당연히 당국이 마련한 예방책은 전혀 효과가 없었고 거두어들인 돈만 땅에 묻고 말았다. 이 사실은 후에 필자의 연구실에서 실사를 통하여 확인된 바 있다.

2003년 봄에는 완주 상관면 소재 전주천 상류의 하천 내 돌과 바위가 갑자기 흰색을 띠게 되어 전주시민들을 깜짝 놀라게 한 사건이 발생했다. 지방신문에서는 연일 특종으로 보도하였다. 필자의 연구실에서 현장조사를 실시하였는데, 백색을 띠게 된 이유는 다름 아니라 멜로시라와 같은 일종의 규조류가 대량 발생한 탓이었다. 규조류는 그 이름에서 말하듯 몸속에 규사성분이 많고, 또 성질상 온배수와 같은 높은 수온의 물이 유입하는 경우와 폐수의 일종인 영양염류가 풍부한 수역에서 잘 자라는 특성이 있다. 그런데 봄에 하천 수위가 내려가면 수중 바위나 돌에 부착해 살던 규조류는 대기에 노출·풍화되기 쉬워지는데, 이때 녹색을 띠는 규조류의 엽록소가 죽고, 규조류에 포함된 규사성분만 남아 하천의 암석들이 백색을 띠게 된다. 영양염류가 다량 배출된 이유는 규명되지 않았지만 인근의 과수원이나 농경지 농약 살포 또는 온배수로 추정되었다.

그런가 하면 지금부터 몇 년 전 여름 전주지방에 큰 홍수가 발생했다. 이때 전주천이 역류하였고 그 원인에 대하여 당시 지역신문들은 롯데 백화점과 연관시켜 보도하고 있었다. 롯데 백화점 신축 당시, 허가조건으로 롯데 측은 서신동과 덕진동을 잇는 교량을 설치해야만 했는데, 교량 시공 과정에서 돌출된 일부 지장물이 전주천 통수방해의 요인이었다는 것이다. 그럴싸한 이야기이다. 그러나 이는 전주시의 하수 차집방식을 이해하지 못한데서 비롯하는 주장이다.

전주시 하수 차집방식은 오수와 우수를 같은 관에서 배출하는 합류식으로 되어 있다. 이 합류식 하수 차집관은 그 특성상 제내지 즉 시가지 쪽에 부설해야 한다. 그런데 당시 사정이 있어 하수 차집관이 제외지 즉 하천 고수부지 아래에 설치되고 말았다. 당연히 제외지에 설치된 하수 차집관은 홍수 시 하천수가 역류하는데 기여하였고, 특히 저지대인 덕진동의 침수 원인이 될 수밖에 없는 것이다. 하수관로 부설 잘못인데도 그것도 모른 롯데 측은 말도 못 하고 억울한 누명만 쓴 것 같다.

30 | 운암과 아산 도로공사 그리고 환경분쟁

1998년 건설교통부에서 발주한 완주군 운암-구이 간 도로 확·포장 공사에 필자가 사후 환경평가 조사를 의뢰받아 수행했을 때 이야기이다. 당시 사업 시행사는 서울의 S 중견 건설사로 전북의 실정에 다소 어두운 편이었다. 도로공사가 이루어진 노선 주변, 이름하여 백여 교차로에는 가축을 기르는 비교적 소규모의 축사가 있었다. 그런데 도로공사 도중 폭약 발파에 의한 소음·진동으로 인해 그 축사의 가축이 놀라서 죽거나, 어미가 새끼를 낳지 못하게 되어 막대한 손해를 보고 있다는 민원이 접수되었다.

면담 결과, 축산 농가 측에서는 손해 배상비용으로 5억 원을 요구했다. 그러나 시행사는 이 금액이 발주처에 요구하기에 너무나 큰돈이라고 생각했다. 그리고 원래 비용 요구는 적정한 근거가 제시되어야 하는데, 축산 농가 측에서는 그러지 못했다. 따라서 차일피일 미루면 축산 농가 측이 지쳐서 포기할 것으로 안이하게 생각했다.

일반적으로 폭약 발파 시 발생하는 문제는 주변 건물에 금이 가거나 심한 경우는 건축물이 무너져 그 피해가 육안으로도 쉽게 판정이 나기 때문에 보상산정이 쉬우나, 가축이나 어류의 경우 그 피해 유무나 피해 정도를 금액으로 환산하는 것은 쉬운 문제가 아니다.

5년 후, 공사가 완공단계에 이르자 S 건설사는 축산 농가 측에 1억 5천만 원을 배상비용으로 제시했다. 엄밀히 말하자면, 발주처에 비용청구를 하고 정산하여야 하는데, 시간이 많이 흘렀기 때문에 사업 시행사가 자체적으로 해결하려 한 것이다. 그러나 축산 농가는, 5년 전 어미가 새끼를 낳았다면, 또 그 새끼가 새끼를 낳을 것을 환산하여 30억 원을 요구하기에 이르렀다. 공사 완공 시기가 촉박해지자 다급해진 시행사는 3억 5천만 원을 피해자에게 건넸고, 축산 농가는 일단 이 돈을 받았지만 바로 법원에 피해 보상을 요구하는 소송을 제기했다. 이 소송은 대법원까지 이어졌으나 결국 축산 농가가 패소하고 말았다. 들리는 말에 의하면, 축산 농가는 선보상 받은 비용을 대부분 소송경비에 썼다 한다. 그러나 국민은 공사 지연으로 구도로를 통행해야 하는 불편을 겪었으며, 사업 시행자와 발주처는 기업과 국가 신용도에 커다란 타격을 받게 된 것이다.

1998년 아산-고창 간 도로공사를 위한 환경영향평가를 필자가 수행했을 때 이야기다. 고창 쪽 도로개설 구간 중 고창 고등학교와 고창 향교 뒷산인 성산을 개착키로 익산국토관리청이 도로를 설계하고 전북도가 시행을 맡았는데, 필자가 환경영향평가 초안을 설명코자 고창군을 방문했는데, 그때 이호종 군수와 양상희 부군수 등을 면담했다. 그들이 전하는 고창주민들의 의견은, 성산은 저 멀리 노령산맥에서부터 이어져서 그 형상이 꼭 호랑이인데, 도로개설을 위해 성산을 훼손하면 그것은 호랑이의 목을 치는 것과 같아서 도로개설에 동의할 수 없다는 것이었다.

그러던 도중 고창주민이 도로개설에 반대한다면 타 시·군에서는 서로 이런 도로사업을 유치코자 할 것이라는 말이 나왔다. 이말을 전해 들은 고창지역 주민들은, 도로를 포기할 수는 없으니 대안으로 성산 구간을 터널로 해달라는 요청을 해왔다. 그러나 터널은 공사비용이 막대하고, 특히 암반층이 없어서 터널공사가 불가능하다는 결론이 나왔다.

여러 번 회의 끝에 입구(ㅁ)자 형으로 시공한 후 그 위에 지붕을

씌워 터널과 비슷하게 시공하기로 결론을 냈는데 문제는 터널로 했을 때 공사비 과다 책정으로 나중 감사원 감사가 걱정이었다. 결국 환경을 전공하는 필자가 이 구간을 생태터널로 하지 않으면 안 된다는 당위성을 보고서로 올리기로 최종 합의하고 공사에 들어갔다.

31 전주천 하류 전주시 하수종말처리장 사고

| 1 |

1980년대 초, 전주를 포함한 전국의 4개 시급 도시에 각각 10만 톤 규모의 하수처리장 설치가 논의되었다. 그것은 한국 정부의 일본차관 도입과정에서 그 일부를 환경개선에 사용하기로 한 약속의 일환이었다. 당시 우리나라 하천의 수질 상태는 심각한 수준이었고, 최소한의 수질보호 차원에서 마련되었어야 할 하수종말처리장은 턱없이 부족한 상태였다. 당시 하수처리장이 설치된 지역은 서울의 중량천 처리장이 고작이었고, 그다음이 바로 대구, 대전, 춘천, 그리고 전주 등 4도시에 계획한 것이다.

위와 같은, 환경에 대한 공동의 문제의식과 일본차관 도입을 배경으로 시작한 '하수종말처리장 프로젝트'는 각 지역에 있는 해당 전문기관과 전문인력 그리고 외주업체를 포함한 국내 업체들이 자유롭게 참여할 수 있는 컨소시엄 형태의 대단위 프로젝트였다. 그중 전주하수처리장 프로젝트는 서울 소재 '전엔지니어링'이라는 용역업체와 일본에서 파견 나온 '니뽄수이도컨설턴트', 그리고 필자가 이끄는 연구팀으로 조직, 시작되었다.

프로젝트는 사실 조사에서부터 시작되었다. 전주시 하천의 상황 파악이 전주시의 하수종말처리장 사업의 시작이었던 것이다. 여러 층위에서 다양한 조사가 이루어졌지만, 조사 후 가장 큰 문제로 부각되었던 것은 하수종말처리장이 설치되었을 때 그것이 처리할 수 있는 처리량의 부족과 수질이 문제가 되었다. 한국의 경제기획원과 일본 정부와의 차관협정에서는 전주시 일원에서 배출되는 1일 총 하수량은 상수도사용량과 지하수 침투량을 감안하여 약 30만 톤으로 추정하였고 그중 1/3인 10만 톤을 우선 처리키로 했는데, 필자의 조사팀에서 실사결과 실제 전주시 팔복동 하수종말처리장 예정 장소까지 차집 가능한 하수량은 3만 톤에 불과했다. 이는 한국의 경제기획원에서 잘못 수립한 탁상행정으로 차관 협정상 변경이 불가능한 사안이기도 했다.

또한 전주 도시하수의 수질을 분석한바 생물 화학적 산소요구량(BOD)은 평수기에 80ppm 정도였다. 하수처리공법은 선진국에서 널리 시행하고 있는 표준 활성 슬러지 공법인데 그러려면 BOD가 적어도 200ppm은 되어야 하는데 전주를 포함한 한국의 모든 도시는 사정이 비슷했다. 그 이유는 선진국의 하수 차집 방식은 오수와 우수를 따로 모으는 소위 분리식인데 우리나라는 오수와 우수를 같은 관에서 모으는 합류식이기 때문이다. 그런데 이 난감한 문제는 너무나 손쉽게, 생각지도 못한 곳에서 풀렸다. 하수처리장의 부족 수량 7만 톤을 찾아낸 것이다. 물론 그 부족량은 전주시민이 만들어 낸 하수가 아니었다. 갑자기 늘어난 하수량도 아니었다. 그렇게 많은 하수를 갑자기 만들어 낼 수도 없었다. 말하자면 그 찾아진 하수는 우리가 수질정화 사업을 통해 정화하려고 했던 그 하수라기보다는 억지로 만들어진 공장폐수였던 것이다.

당시 전주시 공업단지 내에 위치한 전주 제지, 삼양사, 백양 등의 업체는 폐수처리 문제로 관리 감독 당국과 마찰이 심했다. 공장 측은 주장하기를, 항시 처리를 잘하는데 처리가 미진하거나 잘 안되었을 때만 공교롭게 감독관청에서 조사를 나온다고 하고, 감독관청 이야기는, 비만 오면 공장에서 몰래 오폐수를 방출시킨다고 주장했다. 그중 전주 제지공장은 공단 내 최대 오수 배출공장이었고 전주공단 관리 당국뿐만 아니라 전주시민들에게도 그리 좋은 인상은 아니었다. 전주 제지공장에서 수입하는 원목에 따라

들어온 해충으로 인해 인근 덕진공원의 소나무가 다 죽었다는 소문도 있었다. 행정적으로나 회사의 이미지상으로나 전주 제지는 어떻게든 폐수처리 문제를 해결해야만 하는 상황이었다.

| 2 |

전주하수종말처리장의 부족 수량 분을 전해 들은 전주 제지는 그 기회가 다시없을 좋은 기회였을 것이다. 때문에 당시 전주 제지는 부족 수량 분을 전주 제지 폐수로 보충키 위해 건설부와 전주시를 상대로 많은 회합을 가졌다. 어쩔 수 없이 전주시는 하수종말처리장 절대 수량 10만 3천 톤 중 여유 수량 7만 3천 톤을 전주 제지공장 등 전주공단 내 업체에게 법정 처리를 하고 배출하는 조건으로 전주시 하수 종말 처리장에 인입토록 조정했다. 시쳇말로 누이 좋고 매부 좋은 식이었지만 이것은 실로 엄청난 혜택이었다.

시공 과정에서 생기는 이득을 챙기기 위한 로비는 비단 국내업체에서 그치지 않았다. 당시 하수종말처리장 관련 공사 수주를 위해, 공사 과정에서 차관을 제공하는 일본 측 로비 또한 심했다. 예컨대, 하수처리담당 전주시 공무원을 선진지 시찰이라는 명분으로 외국유람을 보내기도 하였고, 경우에 따라서는 전주시의 인사이동으로 담당 공무원이 바뀌면 어느 틈엔가 바뀐 사람을 다시 보내기도 했다. 당시 외국 여행은 꿈같은 시절이어서 지금 생각해 보면 비난받을 일이 아닌지도 모르겠다. 뿐만 아니라 일본 측 기술자들은 일의 절차를 무시하면서까지 로비를 벌였다. 하수종말처리장 시공은 크게 토목공사와 기계시설 부분으로 나누어진다. 당연히 토목공사가 먼저 이루어져야 하지만 토목공사는 일본이 수주하기가 곤란할 것이므로, 차관을 제공한 일본 측은 후순위인 기계시설을 먼저 하도록 요구했을 뿐만 아니라, 그나마 기계시설에 관한 입찰을 국제입찰이라는 명분하에 일본 내에서 시행하게 했다. 당연히 한국의 관련자들이 입찰에 관여해야 했는데, 이 과정에서 일본 측이 행했을 극심한 로비를 짐작하기란 그리 어렵지 않았다.

아무튼 이런 우여곡절 끝에 10만 3천 톤 규모의 전주하수종말처리장 1차 공사가 마무리되고 실제운영에 들어갔다. 그런데 운영된지 얼마 안 돼 2건의 사고가 발생했다. 그것도 모두 필자가 사전에 선진외국의 사례를 들어서 공개적으로 주의를 주었던 부분에서 일어났다.

첫 번째 사고는, 처리장의 일부인 포기조에서 일어났다. 포기조에서 일하던 담당 직원이 그 속에 빠져버린 것이다. 포기조는 깊이가 4.5m이고 공기가 주입되는 곳이라 그곳에 빠지면 아무리 소리쳐도 주변으로 전달되지 않는다. 또 수영에 능숙해도 그 내부가 절벽이라 붙잡을 곳이 없다. 결국 그 직원은 익사하고 말았다.

두 번째 사고는, 슬러지 반송조라고 하는 곳에서 일어났다. 당시 반송조 시설 일부가 고장이 났는데, 원인 규명이 되지 않아서 임 모 토목직 소장이 직접 확인 차 맨홀 속으로 들어갔다. 그런데 맨홀 속에는 유독성 유화가스가 가득 차 있는 상태였다. 당연히 임 모 소장은 들어가자마자 유화가스를 마시고 기절해 버렸다. 그러자 같이 있던 직원이 임 모 소장을 서둘러 꺼내려고 들어갔으나 그도 또한 사람을 구출도 하지 못한 채 유독가스를 마시고 기절해 버렸다. 이때 사태의 심각함을 인식한 또 다른 직원이 자기 몸에 로프를 감고 들어가 두 사람을 묶고 난 후 그 또한 기절해 버렸다. 다행히 세 사람은 로프 덕에 구조되었으나, 하마터면 큰 인명사고로 이어질 뻔한 사고였다.

안전 불감증은 하수처리장도 예외는 아니었고 그 후도 운영 과정에서 크고 작은 사고가 수없이 일어나곤 하였다. 사실 전주 하수종말처리 시설은 서울을 빼고는 국내에서 처음 시작되었고 따라서 선진지 시찰이나 타 지역의 실정에 관한 정보가 부족하여 일어난 것으로 이해된다.

32 전주시 위생처리장과 사탕봉지

1960, 70년대 당시 전주시의 분뇨 처리 방식은 아주 단순했다. 수거한 분뇨를 전주천 변에 있는 큰 탱크에 모아두었다가 홍수 시 전주천에 그냥 방류시키는 것이다. 일부 지역에서는 농민들에게 비료용으로 분뇨를 판매하기도 했다. 전 세계적으로 분뇨를 판매한 나라는 중국과 한국이다. 분뇨판매에 관한 이런 에피소드도 있다. 특히 생분뇨의 사용은 채소밭을 통하여 한국민에게 기생충 전파를 촉진시켰다. 전주시는 70년대 후반 이런 비위생적인 분뇨 처리방식에 일대 수술을 단행한다. 시가 추진한 분뇨 처리방식은 생물학적 활성슬러지 공법이었다. 이것은 일본의 분뇨 처리방식으로 한국에서는 처음 시도되는 것이었다. 그러나 완공 후 가동해 보니 분뇨 처리가 잘 되지 않았다. 시의 요청으로

필자가 분뇨 처리방식 등 여러 부문의 분석을 통해, 왜 한국은 일본을 모방한 분뇨 처리가 원활하지 않았는지 조사 끝에 다음과 같은 원인을 찾아낼 수 있었다.

첫째로, 일본에서 개발한 분뇨 처리방식이 한국과 다른 이유는 당시 채소류 섭취가 많은 한국인의 분뇨 특성과 육류소비가 많은 일본인의 분뇨 특성이 다른 데 있었다. 둘째로는, 한국인의 분뇨에는 일본에서와 달리 여러 가지 이물질이 섞여 있었다. 비근한 예로, 단독 주택이 대부분이었던 그 시절 집 안 청소를 하고 난 후 흙과 모래가 섞인 쓰레기를 그대로 분뇨통에 버리기 일쑤였고, 아이들은 용변을 보면서 사탕을 까먹고 난 후 비닐 껍질을 그곳에 버렸으며, 화장지는 대부분 신문 용지이고, 심지어 여자들은 쓰고 난 생리대를 그곳에 버리는 습관까지 있었다. 그런 데다, 시청 분뇨 담당 부서는 보건위생과인데 이들은 전혀 기술에 관한 전문지식이 없었다.

한국인의 분뇨 특성과 분뇨에 섞이는 이러한 이물질들로 인하여, 당시 도입한 일본식 분뇨 처리방식이 제 효과를 거두지 못한 것은 지극히 당연한 결과다. 다시 말해, 분뇨 처리장으로 들어오는 분뇨는 한국인의 식생활 상황과 화장실 문화 특성상 섞일 수밖에 없는 모래 물질과 비닐을 포함한 협잡물 때문에 처리장 가동이 불가능했다. 모래는 분뇨의 압송과정에서 관내에 있는 프로펠러를 마모시키고, 비닐은 프로펠러에 감겨버리거나 끼어버렸던 것이다. 이 문제는 후에 일본식 처리방식에 한국형 전처리 시설을 도입해서 해결하기는 했다.

한국의 분뇨는 그 질적인 면에서 생물 화학적 산소요구량(BOD)이 대략 2만ppm인데 이 정도 농도는 너무 진하여 처리가 곤란하므로 물을 부어 20배 정도로 희석한 후 미생물을 이용한 처리법이 적용된다. 그런데 이 공법의 특징은 산기관이라고 하는 특수 장치의 미세한 기공을 통하여 공기를 분뇨에 밀어 넣어야 하는데, 가끔 기공이 막히어 공기가 잘 들어가지 않는 결점이 있다.

시간이 흘러 분뇨 처리장 운영에 들어갔는데, 얼마후 예상한데로 산기관에 공기가 잘 들어가지 않는 사고가 발생했다. 이를 이상히 여긴 분뇨 처리장 관리인이 아예 송곳으로 산기관에 구멍을 크게 뚫어 공기를 주입하자 얼핏 보기에 처리가 잘된 것처럼 보이자, 필자에게 설명하기를, 엉터리 설계를 자기가 아이디어를 내어 개선했다고 자랑스럽게 주장하여 깜짝 놀란 일도 있다. 또한 번은 작업장 한쪽 구석에서 생분뇨를 자연 건조시킨 일도 있었다. 분뇨는 유기물함량이 높아 열을 가하지 않는 한 건조가 어렵다.

전주에서 오래 살아온 사람들을 만나면 흔히들 '과거에는 전주천과 삼천의 수량이 풍부했었는데 왜 갈수록 말라가고 있는지.' 하고 의문을 제기한다. 그 이유를 몇 가지 고른다면, 첫째, 전기모터가 흔해져 농업용수나 업소용으로 전주천 물을 대량으로 끌어가 버리고 있고, 둘째, 갈수기에는 섬진강수계 임실 방수리 취수원 수 부족으로 인하여 전주시 대성정수장에서 상수용 수로 전주천 물을 사용하며, 셋째, 40만 톤 규모의 전주하수종말처리장 신설로 전주시 일원의 하수가 전주천에 유입되지 않고 있고, 넷째, 농업용 수원 보와 전주공단에서 전주천 물을 끌어쓰며, 다섯째, 그동안 전주천 삼천의 홍수대비 차원 직강공사는 과거 사행(蛇行)이던 하천의 유속이 빨라져 자연히 체류량 감소로 이어졌다.

　　그중 직강공사의 흔적은 유별난데, 직강공사를 하게 되면 하천부지가 남게 되고 이곳에는 모래 자갈이 지천이다. 여기를 골재업자가 시의 허가를 받아 파가버리고 나면 나중에 큰 웅덩이가 탄생하게 된다. 이 웅덩이는 흉물일 뿐만 아니라 사고다발지역이기도 하다. 그래도 쓸모가 있다고 생각한 듯 시 당국은 이곳을 쓰레기 매립지로 만들어 버렸다. 그 후 거기에 다시 아파트사업자가 쓰레기를 파내고 아파트단지로 개발했다.

　　전주천 수량 부족의 원인으로 전주시 위생처리장도 빼놓을 수 없다. 전주시 위생처리장은 1970년대 우리나라에서는 서울 다음으로 신설한 당시 재정형편으로는 비교적 현대적인 시설이었다. 부산의 '삼화기술단'이라고하는 분뇨설계전문 회사에서 설계와 감리를 맡았고 필자는 설계심사와 자문역할을 했다. 현재는 처리용량이 총 290㎘ 규모이지만, 처음에는 1단계 사업으로 규모가 100㎘였다. 그 후 2단계 사업으로 넘어가려는데, 갑자기 전주시의 고민거리가 나타났다. 첫째는, 100㎘ 용량으로 2단계 시설을 구상하고 상부에 허가까지 받았는데, 막상 시행 중에 보니 환경보전법상 용량 100㎘ 이상은 환경영향평가를 실시해야 된다는 것이다. 그러려면 보통 까다로운 절차에 시달려야 하고 뿐만 아니라 공사 기간도 빠듯했다. 그래서 나온 해법이 100㎘ 용량을 90㎘로 둔갑한 것이다. 둘째는, 앞으로 전주시가 문화도시로 발전할 것이 불 보듯 뻔한데, 따라서 몇 년 후에는 수세식 화장실 증가로 수거할 분뇨가 크게 줄어들어 분뇨 처리장 증설이 필요하겠느냐는 것이다. 이 문제 역시 분뇨량이 적어지면 정화조 처리수로 대체키로 쉽게 결론지어버렸다. 그러나 분뇨 처리방식과 정화조수 처리방식에는 차이가 있다. 그래서 문제해결의 일환으로 위생처리장과 하수종말처리장 통합문제가 대두되었으나 분뇨는 보건직 담당이고 하수는 토목직 담당이어서 부서 간 조율이 잘 안 되어 머뭇거리다가, 나중에 환경부로 업무가 통합되었다.

분뇨 처리는 분뇨량의 20배에 달하는 희석수가 필요한데, 1, 2 단계 처리장만 해도 희석수량은 1일 약 4천 톤이다. 이 수량은 전주시 위생처리장이 위치한 팔복동 근처 전주천 하상에 집수매거라는 별도의 시설을 통하여 끌어다 썼다. 당연히 갈수 시에는 하천수가 부족하여 부근에는 썩는 냄새가 진동했으며, 위생처리장 근처 전주천은 하천오염과 인근의 주정공장에서 나온 폐수로 인하여 먹이가 많아져 말 그대로 물 반 물고기 반이었다. 그러다 보니 어류서식 밀도가 너무 커서 붕어와 잉어의 피부에 붉은색 반점과 심한 경우는 등이 굽은 개체도 수없이 많았다. 필자는 이러한 물고기를 사진 찍어 환경보전 기념 메달도 받았으며 지금도 보관 중이다. 물고기가 많다 보니 상인들이 몰려들어 성업했고 그들은 잡은 물고기를 지하수를 이용하여 며칠간 목욕시킨 후 어디론가 내다 팔았다.

전주천 하류에서 발견된 기형 붕어
(1981년)

전주 하수처리장 기본설계 조사
(전주천변 오염, 1981년)

33 선운산 골프장과 운곡저수지

고창 선운산 골프장 사업에 관한 일화는 1990년으로 거슬러 올라간다. 원래 조 모 국회의원 소유의 고창 아산면 소재 산지 약 60만 평을 군산의 백화양조가 사들였었고, 그 후 라산그룹이 고창CC로 추진·허가받은 사업이 바로 고창 선운산 골프장 사업이었다. 이 사업은 그 당시 김완주 고창군수가 역점을 두고 추진한 사업이기도 했다 당시 필자는 선운산 골프장 설립을 위한 환경영향평가용역을 담당했다.

그러나 라산그룹과 고창군의 열정과는 다르게 골프장 사업은 잘 진행되지 못하였다. 선운산 골프장을 설립하기 위해서는 몇 개의 산을 넘어야 했는데, 어느 것 하나 손쉬운 것이 없었기 때문이었다. 아니 애초부터 넘지 못할 산들인지도 몰랐다. 당시 고창군과 라산그룹이 역점 추진한 선운산 골프장 사업의 당면 문제란,

첫째, 문화재 훼손 문제였다. 당시 고창 선운산 골프장 예정 부지는 '고창 청자 도요지터'였다. 그곳에 골프장을 건설한다는 것은 문화재 훼손을 하겠다는 말의 다름 아니었다. 당시 문화재 보존을 위한 대책으로는 두 가지 안이 나왔다. 그중 하나는 원광대학교 주장으로 이에 의하면 골프장 예정 부지를 일단 발굴을 통하여 어떤 문화재가 존재하는지 확인부터 하자는 것이고, 다음은 전북대학교 안으로 지표조사를 통하여 우선 매장문화재 유무부터 확인 후 차후 정밀조사를 해봐 가며 문화재 가치 여부를 판단해 보겠다는 신중한 주장이었다. 어쨌든 문화재 훼손이 불 보듯 뻔한 상황에서 골프장 사업을 무리하게 진행시킬 수는 없었다. 결론은 발굴조사를 통하여 수거된 도기를 포함한 문화재를 한데 모아 전시공간을 마련해 보자는 의견으로 압축되었다. 그러나 왜 그랬는지 모르지만, 그 후 이런 계획은 그냥 흐지부지되고 말았다.

둘째, 상수원 오염 문제였다. 선운산 골프장 예정 부지 바로 밑에는 운곡저수지가 있었다. 이 저수지는 한국전력 소유로 영광원자력발전소에 생활 및 공업용수 공급을 담당하고 있었기 때문에, 상수원 보호구역으로 지정되어 있던 터였다. 당연히 골프

장 사업이 곤란할 수밖에 없었다. 골프장과 저수지 사이에 둑을 쌓아 골프장 유출수를 우회시키는 방안이 제시되기도 하였으나, 공사비 과다 이유로 실행되지 못했다. 필자 또한 용계리 쪽에서 터널을 뚫어 우수와 처리된 오수를 인근의 주진천으로 연결하자는 방안을 제시했으나 채택되지 않았다. 오히려 사업자 측에서는 골프장 부지 유출수를 운곡저수지 북쪽 방향인 부안면 쪽으로 보내자는 안을 제시했다. 사업자 측의 의견은 골프장 예정 부지를 아예 뒤집어서 우수를 역류시키자는 제안이어서 필자가 강력 반대 실행되지 못했다.

셋째, 골프장 건설로 인한 운곡저수지의 수량 감소가 문제였다. 선운산 골프장이 들어서게 될 이곳은 운곡저수지의 중요 원천이었다. 달리 말해, 골프장 예정지는 운곡저수지의 중요 물받이였던 셈이었다. 이런 이유로, 선운산 골프장 부지 전체는 운곡저수지 수량 부족 문제로 이어졌던 것이었다. 이 문제는 다행히 고창군수가 한전 사장을 만나 담판했었다. 일일 부족 수량 약 3천 톤을 지하수 개발을 통해 보충하기로 합의했던 것이다. 그런데 무슨 일인지는 몰라도 이 역시 이후에 무산되었다.

물론 현재는 다른 업체가 인수하여 이곳을 시공·운영하고 있다. 과거 운곡저수지 축조로 고향을 등진 실향민을 생각하면 수많은 기억이 떠오르는 곳이다.

34 군산 골프장과 농지 대체 비용

　지금 군산 골프장이 들어서 있는 군산시 옥구읍 어은리 일대는 원래 천일염 생산지였다. 소금산업 쇠퇴로 문을 닫게 된 폐염전 부지를, 당시 군산의 세풍종합건설이 1997년도에 매입하고, 이곳에 국제 자동차 경주장, 요트장, 골프장 등의 여러 사업을 추진하다가 결국 지금의 군산 골프장 시설에 이른 것이다. 물론 그간에는 여러 가지 사건들 즉, 세풍종합건설의 부도, 군산레저산업 ㈜의 사업 인수 등이 있긴 하지만, 여기서는 세풍종합건설이 사업을 시작하면서 부딪쳤던 문제점들을 살피고자 한다. 당시 필자는 이 사업에 대한 환경영향평가를 주도했다.

　자동차 경주장의 경우 첫 번째 문제가 되었던 것은 분진 발생이었다. 자동차 경주용 도로는 마찰력을 높이기 위해 유릿가루를 아스팔트와 섞어서 시공하게 되는데, 이 때문에 타이어 마모의 정도가 심했다. 더구나 경주용 자동차 타이어는 특수 생고무로 제작하므로 보통 자동차 타이어보다 10배 정도 더 쉽게 닳아진다. 그러니 자동차 경주 시 발행하는 분진에 대한 해결책은 사실상 없었다. 자동차 경주장의 두 번째 문제는 냄새와 소음이다. 경주용 자동차는 주행 시 아스팔트에 유릿가루를 섞어 마찰력을 극대화한 시설에다, 불완전 연소가 심해 일반 자동차보다 10배 정도의 연료가 더 소모된다. 이때 발생하는 냄새는 무척 강하다. 또 경주용 자동차는 소음기를 달지 않으므로 요란한 소음이 발생한다. 분진 문제와 마찬가지로 이 둘에 대한 해결책 또한 찾을 수 없었다.

그러던 차 필자는 1996년 호주 멜버른에서 개최된 F-1 그랑프리 대회에 전라북도 유 모 지사와 함께 초대받아 가봤다. 그곳 시민들은 말하기를 규정이란 사람이 만드는 것이고 따라서 주민들이 용납하면 그만이다. 즉 규정은 사람 다음이란 뜻이다. 호주인들이 말하길 자동차 경주의 관람 묘미는 경주차가 지나가면서 내뿜는 기름 냄새에 취하고 또 귀를 찢는 소음에 흥분되는 맛이 그만이라 한다. 우리의 경우 무슨 개별법이 그리 많아서인지는 몰라도 시설 허가를 얻는 데만 수년이 걸리니 답답한 노릇이다. 유럽인들은 독일의 수상이 누구인지는 몰라도 자동차 경주 왕인 독일인 '슈마허(Michael Schumacher)' 하면 모르는 사람이 없다. 이렇게 인기 있는 또 부가가치가 높은 자동차 경주장을 전북 정치인들 특히 전북도와 군산시의 파워 게임탓에 무산된 일을 지켜보면서 안타까움을 금할 수 없었다. 전북도는 그들이 자동차경주대회를 유치했다고 생색내고 싶어 했고, 동시에 군산시는 시가 주도하겠다고 서로 힘겨루기를 한 탓에 자동차경주대회가 무산되고 말았다.

다음으로는 골프장 허가와 관련한 이야기다. 지금 우리나라는 골프장이 우리 사회에서 필요한가 불필요한가에 대한 흑백논리보다는 환경 보존 측면도 생각하고 동시에 지역개발의 요구도 고려하여 조화에 의한 사회적 공감대를 형성하여 문제에 접근하는 생산적 논의가 필요한 시기이다.

특히 군산 골프장 건설과 관련한 문제는, 과연 폐염전 부지에 잔디가 자라겠냐는 것이었다. 사업 주체 측의 주장은 현재도 논농사를 짓고 있으며, 염전은 이미 오래되어서 잔디나 기타 식재에 문제가 없다고 했다. 나중에 확인해 보니 사업자 측 주장은 사실이었다.

그런데 문제는 정부에서 농업용지에 체육시설이 들어오므로 이에 따른 농지 대체 비용을 부과하겠다는 것이다. 그러자 사업주는 그 땅에 논농사를 짓고 있으면서도, 이곳은 폐염전이어서

농사를 지을 수 없는 땅이라고 이중적 태도를 보여서 그 중간에
필자의 입장이 몹시 난처했었다.

35 한솔제지 장항공장과 군산시민의 후회

　1970년대 전주의 전주 제지는 군산의 세대제지와 함께 신문용지 생산 면에서 우리나라 전체 공급의 약 90%를 차지하고 있었으며, 정부 정책상 양사가 반반씩으로 생산 할당을 받고 있었다. 그러나 전주 제지는 이에 만족하지 않고 사업을 확장하면서 1980년대 말 군산공단에 고급 백상지를 생산할 수 있는 공장을 지으려고 군산시에 사업신청을 타진하였으나, 제지공장은 악성 폐수 배출업소라고 판단한 시 당국은 공장설립을 주저하였다.

　별수 없이 전주 제지는 이웃인 충남 서천군 장항읍에 부지 5만 8천 평에 종업원 수 800명인 15만 톤 규모의 전주 제지 장항공장을 추진하자, 충남 생각은 전주 제지는 삼성그룹 자회사로 부가 가치가 높다고 판단하여 공장설립을 쉽게 허가하였다. 이면에는 전주 제지와 같은 큰 회사를 유치하면, 그동안 충남의 서천군 일대는 전북의 군산권역이라 여겼고. 심지어 서천 인사 중 똑똑한 인재는 거의 군산에서 고등교육을 받은 사람들이라고 까지 생각했는데, "군산으로부터 독립되는 데 일조를 하지 않겠는가."라고 충남도는 반겼다. 또 서천군에서 생산되는 농산물을 공장에 공급하면 실속이 있지 않겠는가 하는 면도 작용했다. 그때 필자는 전주 제지 장항공장 신설에 따른 환경영향평가를 맡았다.

군사정부 시절인 1960년대 초 새마을운동이 한참 열을 올릴 때 맨 처음 한 사업이 바로 초가지붕 개량이다. 이를 위하여 지붕에 방부제인 황산동과 같은 독극물을 살포하거나 슬레이트를 씌웠다. 그래서 남는 볏짚을 활용하기 위하여 볏짚펄프공장을 전주에 짓기로 하고 '새한제지공업(주)'를 세웠다. 그러나 현실은 생산지에서 볏짚 수거에 어려움이 뒤따랐다. 그러자 이를 삼성의 이병철 회장이 1965년 인수하고 1968년 전주 제지로 재출발했으며 그후 1992년 한솔제지로 개명했다. 전주란 지명을 한솔로 바꾸면서 전주시민의 반발을 우려한 경영진들은 5억 원의 홍보비까지 마련하여 이에 대비하였으나 의외로 전주시민이 무반응이어서 다행이라 여기면서도 한편 전주시민들의 점잖음에 내심 놀라기도 했다.

군산시민 일부가 전주 제지 군산 진출을 염려한 것은 다름 아니라 전주공장을 빤히 들여다보고 있었기 때문이다. 전주 제지는 일부 원목펄프를 제외하고는 대부분의 원료가 쓰고 난 폐지이다. 그러다 보니 종이에 붙은 인쇄 물질을 없애는 탈묵 공정에서 회색 폐수와 악취가 심하다. 그러나 장항공장은 컴퓨터 용지와 같은 백상지를 생산하기 때문에 폐수처리에 문제가 없다. 장항공장 준공 후 처리된 폐수가 아주 깨끗하다는 소문에 반신반의한 군산시 의원들도 방문하고는 깜짝 놀랐다 하며, 일부 군산 시민들은 제지공장을 유치하지 못한 것을 아쉬워하기까지 했다.

필자도 장항공장 환경관리에 만전을 기했다. 예컨대, 연돌 높이를 설계치보다 높은 100m로 권유하였다. 이는 60년대 부의 상징이었던 장항제련소 굴뚝에서 뿜어져 나온 검은 연기가 항상 군산 쪽을 향한 것을 기억하고 있어서다. 처리수 배출위치도 해수 바닥에 두어 열수의 수괴현상을 감소시켰고, 인근의 해태 양식장 피해분쟁 시에는 인공위성자료를 활용 과학적 근거에 의한 보상을 실시토록 조언했다.

그런데 준공 후 장항주민들이 공장에 항의하는 소동이 있었다. 이유는 공장에서 약속한 그곳 농산물을 구매해가지 않는다는 것이다. 반면 공장 측의 주장은, 장항은 시장이 작아서 식재료를 일

괄구입 하기 위하여는 대도시인 군산을 이용할 수밖에 없다는 것이다. 거기다 공장사람들은 대부분 군산에 근거지를 마련하고 있어 장항은 땅만 뺏겼지 별 볼 일 없다는 여론도 가세했다. 군산 시민에게는 다소 위안이 되었겠지만….

36 무주 덕유산 리조트 개발과 흙탕물 소동

1980년대 전북을 잘살게 하기 위한 아이디어를 공모한 적이 있었는데, 그 공모 중 하나가 무주 군민이 제안한 무주 덕유산 스키장 건설이었다. 무주 군민들의 의견은 이랬다. 무주 구천동 북서면에 있는 덕유산 자락은 겨울철에 많이 눈이 내리고 봄까지 녹지 않으니 이곳을 스키장으로 개발하면 좋겠다는 것이었다.

이에 전라북도는 도 차원에서 무주군민의 의견을 수용하기 위해 '무주 덕유산 스키장' 개발 가능성이 있는 전북 연고 기업을 물색하기 시작하였다. 맨 처음 전라북도는 미원그룹(대상홀딩스) 등에 참여를 유도했으나, 그들은 모두 이를 거절하였다. 이후 진척이 없던 무주 덕유산 스키장 계획은, 이 사업에 흥미를 보이던 익산의 '쌍방울 기업'이 참여 의사를 밝혀옴으로써 급물살을 타기 시작했다. 쌍방울은 '㈜쌍방울개발'을 설립하고 본격적으로 스키장 조성에 착수했는데, 필자는 그 당시 쌍방울개발 환경 기술 고문으로 이 사업에 참여하게 되었다.

스키장 사업의 시작은 스키장 트랙을 건설하는 것부터다. 그런데 쌍방울개발에서는 스키장 트랙을 내기 위해 현 스키장 상부에 불도저부터 옮겨놓고 산 위에서부터 아래로 스키 트랙 공사를 진행했다. 이런 공법은 우리나라 토목공사 역사상 전무후무한 일로 사실상 불가능한 것이다. 보통은 산 아래에서 산 위로 올라가면서 지상의 수목과 돌출된 바위를 제거하면서 시공하는데, 쌍방울개발의 작업 방식은 그 반대였던 것이다. 당연히 무리수가 따를 수밖에 없었다. 산 위에서 산 아래로 공사하기 위하여 기술자들은 인근 군부대에서 화염방사기를 몰래 빌려와 산 위에서 아래로 불로 태우면서 공사를 하기 시작했던 것이다. 그리고 그때 발생하는 수목과 돌출된 돌과 같은 블록은 현장에서 매립해 버렸다. 상식적으로 말도 안 되는 공법이고, 있을 수 없는 수단이었지만, 토목공사는 그렇게 빨리 진행되었다. 이때 사용한 트럭은 산판 용으로 미국에서 수입한, 공사 현장에서는 '제무씨(GMC)'로 불리던, '6륜 구동' 트럭이었다. 그때 한국에 남아 있던 산판차(山坂車)를 모두 추적해서 들여와 사용했다.

하지만 이런 무리한 작업에는 반드시 문제가 발생할 수밖에 없다. 공사 도중 토사로 인한 흙탕물이 발생했고 기다렸다는 듯이 무주군민들의 항의가 시작되었던 것이다. 무주군민들이 흙탕물 유출을 항의하자 시행사 측에서는 얼마나 급했으면 공기압축기를 동원, 하천에 있는 황토 흙 묻은 바윗돌을 세척하려고까지 시도했다. 그러나 이 방법은 현실적으로 흙탕물에 대한 민원을 잠재울 수 있는 방안이 아닐뿐더러 또 다른 생태계 파괴가 우려되기 때문에 필자가 극구 만류했다. 돌멩이에 묻은 토사를 세척한다 해도 분해되지 않고 하류로 흘러갈 뿐이고, 공기압축기 세척으로 인한 아래 하천 생태계 파괴가 불 보듯 뻔한 상황이었기 때문이었다. 그러나 어찌 되었던 민원은 물론이고 환경 보존 차원에서라도 공사 시 발생하는 흙탕물은 없애야만 했다. 봄만 지나면 여름 동안 잔디가 자라 자연히 흙탕물을 걸러 낼 수가 있다. 이에 필자가 흙탕물 건을 해결하기로 하고, 흙탕물 처리를 위한 구상에 들어갔다. 그러나 시간은 그리 많지 않았다. 불과 몇 달 후면 모내기 철이었고 이를 기회로 일부 무주시민단체들이 사업자 측을 압박해 올 것이 분명하였기 때문이었다. 고민 끝에 필자가 내놓은 방법은, 값싼 공업용 유산반토와 소석회를 이용하자는 것이었다. 이 공법은 식은 죽 먹기처럼 쉬운 설계로, 우리나라 도시 상수도 흙탕물 제거에 흔히 쓰이는 방법이기도 하다. 다행히 시공이 빠른 속도로 진행되고, 공사가 끝나자 그 많던 흙탕물이 순식간에 수돗물처럼 맑아 보였다.

　단기간에 깨끗해진 물을 본 무주 환경단체들은 사업자 측에서 물을 맑게 하려고 흙탕물에 독극물을 타지 않았나 의심하기 시작했다. 그렇지 않고서 야 하루아침에 누런 흙탕물이 이렇게 맑은 물로 변할 수 있느냐는 것이었다. 그들은 현장까지 찾아와 그곳에 있던 박 모 사장에게 물을 마셔보도록 강요하기도 했다. 그러자 처리된 물을 현장에서 지휘하던 유 모 소장이 죽을 각오로 사장보다 먼저 마셔 보았다. 물론 뒤이어 박 모 사장도 굴욕적이기는 하지만 환경단체들 앞에서 처리된 물을 한 바가지 마셨다. 그러나 모두 다 아무 이상이 나타나지 않으니, 무주 환경단체들은 현장에서 돌아설 수밖에 없었다. 나오면서 하는 말이 '쌍방울 회칼 부대 사람'들은 독약을 마시고도 끄떡없는 독종들 이어서 상대하기가 무섭다고 했다. 쌍방울 회칼 부대라고 비아냥거린 것은 흙탕물 사건이 일어나기 얼마 전 전북 익산에서 조폭 간 회칼을 들고 난투극을 부려서, 전북 사회가 크게 놀랐는데, 아마 여기서 비롯된 것 같다.

　무주 스키장 개발을 두고 쌍방울개발 측과 지역 환경단체와의 마찰은 끝없이 진행되었다. 한번은 농민단체 들이 농사용 경운기에 인근 할머니들을 태우고 스키 공사장 입구를 봉쇄한 일도 있었다. 그러자 가장 시급한 것은 먹을거리 공급이 차단된 점이다. 이 과정에서 배고픔을 참지 못한 공사장 인부들이 소란을 피우다가 급기야는 중장비 기사들이 불도저를 끌고 경운기와 대치하는 소동까지 벌어졌다. 사태의 심각성을 인지한 쌍방울개발 유 모 소장이 불도저 앞에 드러누워 하는 말이, 나를 먼저 깔아뭉개고 난 후 경운기 앞으로 갈 테면 가라고 고함 고함을 지르는데, 그야말로 아수라장이요, 서로 사생결단의 자세로 임하는 모습을 목도한 기억도 있다.

스키장 공사가 어느 정도 진행된 후부터는 비 스키 시즌의 리프트를 활용하는 방안에 대한 논의가 시작되었다. 스키가 겨울 스포츠인 까닭에 겨울 이외의 계절 동안 리프트를 놀린다는 것은 사업자 측에서 본다면 대단한 손해가 아닐 수 없었다. 여러 의견이 나왔지만, 그중 하나로 일본 홋카이도에 있는 해발 550m 구마야마(熊山) 정상에 위치한 '노보리베츠 곰 목장'을 벤치마킹하기로 내부 의견이 모아졌다. 곰 사육을 통하여 관광객을 유치할 경우 리프트를 1년 내내 운용할 수 있다는 계산이었다. 이와 함께 한방병원을 개설한다면 곰 쓸개, 곰 발바닥 등의 공급을 통해 수익을 올릴 수도 있다는 생각이었다. 일반적으로 곰 사육을 하면 곰의 서식밀도가 커서 스트레스를 받은 곰들은 자기들끼리 싸우다가 대략 20%는 죽는다 한다. 그런데 문제는 곰 목장에서 나오는 폐수의 처리와 처리된 폐수의 하류로의 운반이었다. 목장 폐수 처리는 말할 것도 없고 500m 이상의 수압을 견딜 수 있는 폐수 관로의 시설은 쉬운 문제가 아닌 것이다.

그래서 필자가 쌍방울개발 기술진을 인솔하고 일본 북해도를 방문했다. 마침 곰 목장 폐수처리 설계를 담당했던 기술자의 지도교수가 필자와 막역한 사이인지라 이분의 소개로 그곳 곰 목장 환경관리 전반에 걸쳐 상세한 정보를 입수할 수 있었다. 북해도 방문 중 기억에 남는 일화가 있다. 다름 아니라 필자가 북해도대학 교수에게 우리의 방문목적을 설명하자 그 교수가 나에게 귀띔하기를, 일본 회사들의 생리상 외국의 교수나 학생들에게는 몹시 친절하게 대하나 기업체에서 나온 사람들에게는 절대로 시설을 보여주지 않으니 대동한 쌍방울 기술자는 필자의 연구원으로 소개하겠다는 것이다. 이렇게 하여 어렵사리 그곳 정보를 얻을 수 있었다.

그러나 쌍방울개발의 계획에는 문제가 뒤따랐다. 당시 스키장 정상 부근에 시범적으로 곰 사육을 시행한 적이 있는데, 사육 중인 곰이 사육사를 해친 일이 발생했기 때문이었다. 악화된 여론을 업고 사업을 시행하기는 힘들었다. 결국 곰 목장 계획은 무산되고 말았다.

 '이미 흘러간 물로 물레방아를 돌릴 수 없다'는 이치는 말할 것
도 없이, 자연상태에서 중력은 누구도 거슬러 올라갈 수 없다는
평범한 진리다. 수차(水車)와 함께 기능이 비슷한 풍차(風車)도 있
다. 네덜란드 암스테르담 인근의 '잔세스칸스(Zaanse Schahns)'에
가보면 지금도 빈트몰런(Molen)이라는 풍차가 있는데 실제로 사
람도 거주하고 있다. 그런데 자세히 보면 바람이 없는데도 풍차
가 돌아가고 있다. 이유는 평소 바람이 불 때 전력을 생산해 저장
했다가 필요시 언제나 쓸 수 있기 때문이다. 마치 흘러간 바람으
로 풍차를 돌리는 것 같다. 우리나라 어떤 기념관에 가보니 풍차
가 돌아가야 할 방향과 반대로 돌고 있어서 자세히 살펴본바, 전
기를 아끼기 위해서 모터를 팔랑개비 돌아가는 방향에 역회전시

키고 있었다. 이는 풍차 돌아가는 원리에 반하며 사람들을 속이는 비과학적 행위다.

   도시하수나 공장폐수는 주로 도시의 하류 지역에서 처리 후 방류한다. 이는 마치 양수발전소에서 수차를 돌린 후 버린 물과 흡사하다. 외국의 어떤 작은 도시에 가보면, 그곳의 도시 관류 하천은 예전에는 수량도 풍부하고 깨끗했으나 시간이 갈수록 가정이나 수공업에서 새 나오는 오폐수가 늘어나면서 하천을 오염시키자, 하수 차집관로를 별도로 매설하여 하류에서 공동 처리했다. 그러자 이번에는 하천물이 크게 줄어들어 버려 하는 수 없이 시 당국에서는 저녁 시간에 값싼 전기를 이용하여 처리수를 도시 상류까지 압송 후 다시 방류하여 도시 하천수를 증량하였다. 그러니 오염된 물을 처리 후 재사용하거나, 물레방아를 돌린 물로 양수발전을 이용 재활용하는 것은 유사한 점이 있으며, 또 경제 사회적 관점에서 우리 생활에 꼭 필요한 사업이기도 하다. 그래서 사람들은 비가역적인 상태를 어떻게 하면 가역적인 상태로 변환시킬 것인가 꾸준히 연구한다. 나 역시 무언가 새로운 수처리 기술을 찾아 평생을 헤매었다. 일하다가 틈이 나면 독서도 하고 여행도 하며 오늘날까지 지내오면서 거기서 파생된 일부를 여기에 적어놓았다.

   미국 1백 달러의 지폐 한가운데 있는 건국의 아버지 중 한 분인 '벤저민 프랭클린'은 피뢰침을 발명하기도 한 18세기의 과학자로, 당시는 지금의 양수발전을 착안하지 못해서 '흘러간 물로는 물레방아를 돌릴 수 없다'고 말했는지도 모르겠다. 그러나 미신을 믿는 사람이 아닌 바에야, 어떻게 흘러간 물로 수차를 돌리겠는가…. 그가 한 말은 '과거에 어리석은 일을 했다고 하여 그것 때문에 고민하지는 마라'는 '중용과 절제'를 설명한 것으로, 슬프든 분하든 과거는 과거로 묻어버리고 오늘은 오늘을 기준으로 삼아 생활해야 한다. 과거의 한 토막으로 새날을 더럽혀서는 안 된다. 물은 이미 흘러갔고, 흐르는 물을 따라갈 필요가 없다는 의미다.

그러나 지구 과학적 관점에서 바라본다면, 흘러간 물은 바다에 도달하면 수증기가 되고 그 후 구름이 만들어지면 비가 되어 중력에 의한 위치 에너지에 의해 냇물에 떨어지고 이 물로 물레방아를 다시 돌릴 수도 있다. 미국 노스캐롤라이나주에 인간 재구성 프로젝트를 수행하는 '법의학 골학연구소 Forest'가 있다. 여기서는 시신을 기증받아 탄소함량이 높은 톱밥, 단백질이 많은 알팔파 건초 그리고 질소와 인이 풍부한 시신을 뒤섞어 퇴비화하는 일종의 자연장을 연구하는 곳이다. 사람이 죽으면 자연으로 돌아가고 또다시 조합하여 원래대로 순환한다고 한다. 불교에서 해탈하지 못하면 끊임없이 윤회전생 한다는 이치와 다름없다. 이런 의미에서는 흘러간 물로도 물레방아를 돌릴 수 있다는 말은 마냥 궤변이라고 할 수는 없다.

영화 「벤자민 버튼의 시간은 거꾸로 간다」에서와 같이, 미국의 한 제약회사는, 지중해 '홍해파리'처럼 세포 생체시계를 되돌려 줄 수 있는 리프로그래밍을 연구하여 '벤자민 버튼 해파리'로 불리는, 과거로 돌아갈 수 있는 회춘약을, 이미 동물 실험을 통해 평가를 마쳤다 한다.

나는 젊은 시절 16세기 프랑스 의사 '노스트라다무스'의 모호하기 짝이 없는 예언서 『백시선』을 매우 경이로움으로 이해했다. 그러나 후대에서 그의 두리뭉실한 어록은 "틀린 것은 예언이 아니라 해석상의 문제."라며 지금까지도 멀쩡한 시선으로 갈음한다. 나 역시 여러 주장에서 똑 부러진 해석이 안 나올 땐 행간에 미루기도 했다. 이는 내 스스로가 생각해도 사회과학 분야에는 나의 입장이 명약관화하지 못해 이에 대한 변명이기도 하다.

성인 공자도 제자가 사후세계에 대해 물어오자 답하길 "우리가 살아가고 있는 현세도 모르는데 어떻게 거기까지 알려 드느냐."라고 애매한 대답을 했다 한다. 공자도 답이 궁했던지 즉답을 피한 것 같다. 하물며 글쓰기가 전문이 아닌 내가 모든 것을 속 시원히 알고 있으면 얼마나 좋으련만…. 그래도 나는 어떻게 하면 흘러간 물로 물레방아를 돌릴 수 있을까 하고 지금까지 정진했다. 세상에 하고 또 하다 보면 안 되는 것이 없다는 마음 하나로 지내면서, 그리고 수많은 시행착오를 거치면서 오늘날까지 살아왔다.

똑같은 사물을 두고도 보는 사람마다 각자의 생각은 여러 갈래로 나누어질 수 있다. 나도 마찬가지다. 내가 이 책 제목을 『흘러간 물로도 물레방아를 돌릴 수 있다』로 정한 것은 과거에 내가 겪은 일을 재조명하기 위해 비유한 것이다. 다만 과학을 응용하는 것은 우리 공학도의 임무이다. 그렇다고 과학을 부정해서도 안 된다. 사실 이 책은 다소 비판적인 시각과 과감한 표현이 있지만, '벤저민 프랭클린'의 어록을 한 번 더 되새겨보고 또 성찰하고 싶은 마음이 묻어 있도록 노력하였다.

2024년 봄 김환기 적음